Victoria

Knut Hamsun

Victoria

traduit du norvégien
par Ingunn Galtier et Alain-Pierre Guilhon

roman

GAÏA ÉDITIONS

Gaïa Éditions
82, rue de la Paix
40380 Montfort-en-Chalosse
téléphone : 05 58 97 73 26

contact@gaia-editions.com
www.gaia-editions.com

Illustration de couverture :
© Fotosearch

Cet ouvrage a fait l'objet d'une précédente publication aux éditions Calmann-Lévy (1977).
ISBN 13 : 978-2-84720-159-8

Le fils du meunier marchait, songeur. C'était un grand garçon de quatorze ans, hâlé par le soleil et par le vent, l'esprit toujours bouillonnant d'idées. Plus tard, il serait allumettier. Ce travail délicieusement dangereux lui vaudrait le respect des copains, et, comme il aurait du soufre sur les doigts, personne n'oserait plus lui serrer la main.

Il chercha des yeux les oiseaux dans la forêt. Il connaissait chacun d'entre eux, savait où se trouvaient leurs nids, comprenait leurs cris et leur répondait à sa façon. Souvent, il les avait nourris de boulettes préparées avec la farine du moulin de papa.

Tous les arbres le long du chemin étaient ses amis. Au printemps, il en extrayait la sève. L'hiver, il était comme un père pour eux, les libérant de la neige qui alourdissait leurs petites branches. Même là-haut, dans la carrière de granit, les pierres, dont aucune ne lui était étrangère, avaient son amitié. Il avait gravé sur certaines des lettres et des signes, puis les avait ordonnées tels les fidèles autour du prêtre. Cette ancienne carrière était le théâtre de toutes sortes d'événements insolites.

Il se dirigea vers le lac. Le moulin était en marche et il se sentit pénétré par son bruit puissant, étourdissant. Il avait l'habitude de se promener ici et de parler tout seul. Chaque perle de mousse lui racontait sa vie ; là-bas, du côté de l'écluse l'eau tombait droit, pareille à une toile étendue à sécher. Après le barrage, le lac était riche en poissons, et il était souvent venu y pêcher.

Plus tard, il serait plongeur. Oui, plongeur. Il se jetterait du pont d'un bateau et pénétrerait dans des royaumes étranges aux vastes forêts ondoyantes et mystérieuses.

Au fond, il découvrirait un château de corail, et de sa fenêtre, une princesse lui ferait signe d'entrer.

Soudain, il entendit son père l'appeler :

– Johannes ! On te demande au Château. Il faut que tu conduises les jeunes gens en bateau jusqu'à l'île.

Le fils du meunier se mit en route sur-le-champ, enchanté de cette belle marque de confiance.

Noyée dans la verdure, la vaste demeure avait l'air d'un petit château, d'un palais fantastique à l'abandon. En fait, c'était une construction en bois, peinte en blanc et dont toutes les fenêtres avaient la forme d'un arc. Lorsqu'on y recevait des invités on hissait le drapeau au sommet de la tourelle. Les gens, d'ailleurs, disaient « le Château ». La construction était délimitée d'un côté par la baie, de l'autre par la forêt. Au loin, on distinguait quelques petites fermes.

Johannes se présenta sur le quai et aida les jeunes gens à embarquer ; il les connaissait bien, c'étaient les enfants du « Château » et leurs camarades de la ville. Tous étaient bottés sauf Victoria, qui n'avait guère plus de dix ans et portait encore des petits souliers. Il fallait donc l'aider.

– Tu veux que je te porte ? demanda Johannes.

– Non, je m'en occupe ! dit Otto, un des adolescents de la ville, en la soulevant.

Johannes le regarda faire, puis il entendit les remerciements de Victoria.

– Bon, lança Otto, tu garderas le bateau. Comment s'appelle-t-il, déjà ?

– Johannes, répondit Victoria. C'est ça, il gardera le bateau.

Johannes resta là, pensif, tandis que les autres gagnaient l'intérieur de l'île à la recherche d'œufs d'oiseaux. Il aurait bien aimé les suivre, pourtant, et pour ce qui était du bateau, on aurait pu tout simplement le tirer à terre. Trop lourd ? Non. Pour s'en convaincre, il s'échina à remonter un peu l'embarcation.

Des rires et des bribes de phrases lui parvinrent du groupe qui s'éloignait. Très bien, au revoir. Mais ils auraient quand même pu l'emmener. Il leur aurait montré des nids et les cavités des rochers où s'abritaient les rapaces aux becs emplumés. Une fois, il avait même aperçu une hermine.

Il mit le bateau à l'eau et fit le tour de l'île. Il ramait depuis un bon moment lorsqu'on l'interpella :

– Va-t'en ! Tu fais peur aux oiseaux.

– Mais... je voulais seulement vous montrer la tanière de l'hermine. Et puis nous pourrions enfumer le nid de vipères... J'ai des allumettes, reprit-il après un instant.

Il n'obtint pas de réponse et retourna au bateau qu'il ramena à son point de départ, puis tira à terre.

Plus tard, il achèterait au Sultan une île dont il interdirait l'accès. Une canonnière garderait les côtes. Et un jour, ses esclaves viendraient lui dire : « Votre Excellence, un bateau est en train de couler ; ses jeunes occupants vont périr ! » « Laissez-les périr ! » répondrait-il. « Votre Excellence, ils appellent au secours, il est encore temps de les sauver ! Il y a une femme vêtue de blanc parmi eux. » « Sauvez-les ! » commanderait-il alors d'une voix tonnante. Ainsi, après de longues années, reverrait-il les enfants du Château, et Victoria se jetterait à ses pieds pour le remercier de leur avoir sauvé la vie. « Ne me remerciez pas, déclarerait-il, je n'ai fait que mon devoir. Vous pouvez aller où vous voulez sur mes terres. » Là-dessus, il ferait ouvrir les portes de son château, offrirait à ses invités des victuailles sur des plateaux d'or, et trois cents esclaves noires chanteraient et danseraient toute la nuit. À l'heure du départ, Victoria s'agenouillerait devant lui et, follement amoureuse, balbutierait dans des sanglots : « Laissez-moi rester près de vous, Votre Excellence, ne me chassez pas. Faites de moi l'une de vos esclaves… »

En proie à une forte émotion, Johannes s'enfonça au cœur de l'île. Oui, il sauverait les enfants du Château ! Qui sait, si en attendant, ils ne s'étaient pas perdus ? Qui sait si Victoria n'était pas bloquée entre deux rochers, incapable de se dégager ? Dans ce cas, il n'aurait qu'à lui tendre la main pour la libérer.

Les enfants furent très surpris de le voir approcher. Avait-il abandonné le bateau ?

– Je te rends responsable du bateau, gronda Otto.

– Je pourrais vous montrer où il y a des groseilles… proposa Johannes.

Silence. Seule Victoria répondit :

– Oh oui ! Où cela ?

Le jeune homme de la ville retrouva vite ses esprits :

– Il n'en est pas question !

– Je sais aussi où l'on peut trouver des huîtres.

Un nouveau silence.

– Des huîtres perlières ? demanda Otto.

– Si c'était vrai ! s'exclama Victoria.

Cela, Johannes l'ignorait, mais en tout cas, les huîtres étaient assez loin, sur le sable blanc. Pour les pêcher, il fallait s'y rendre en bateau et plonger.

À ces mots, ils éclatèrent tous de rire.

– Tu m'as l'air d'un drôle de plongeur ! ironisa Otto.

– Si vous voulez, poursuivit Johannes, le souffle court, je peux escalader la montagne et faire basculer un gros rocher dans la mer.

– Pour quoi faire ?

– Pour rien. Pour vous amuser.

Cette dernière proposition ne fut pas mieux accueillie que les autres, et Johannes se tut honteux. Puis il partit, seul, chercher des œufs à l'autre bout de l'île.

Lorsqu'enfin ils se retrouvèrent tout près du bateau, Johannes avait ramassé plus d'œufs que les autres et les portait avec maintes précautions dans sa casquette.

– Comment se fait-il que tu en aies trouvé autant ? demanda Otto.

– Je connais les nids, répondit fièrement Johannes. Victoria, je les mets avec les tiens.

– Arrête ! s'écria Otto. Pourquoi fais-tu cela ?

Tout le monde le dévisagea et il s'expliqua :

– Qui me garantit que cette casquette soit propre ?

Johannes resta muet. Sa joie s'était envolée. Il fit demi-tour avec ses œufs.

– Mais qu'est-ce qu'il a ? Où va-t-il ? interrogea Otto.

Victoria lui courut après et répéta :

– Où vas-tu, Johannes ?

Il s'arrêta et répondit d'une voix triste :

– Je vais remettre les œufs dans leurs nids.

Ils restèrent un instant à se regarder, puis il ajouta :

– J'irai à la carrière cet après-midi.

Elle ne répondit pas.

– Je pourrais te montrer la grotte.

– J'ai si peur ; tu m'as dit qu'elle était sombre.

Malgré sa peine, Johannes parvint à lui sourire pour la rassurer :

– Mais, je serai avec toi.

Depuis sa plus tendre enfance il avait joué là-haut, dans l'ancienne carrière de granit. Les gens l'avaient entendu travailler et parler tout seul ; parfois, il jouait au prêtre et faisait des sermons.

L'exploitation avait été abandonnée depuis longtemps, et toute trace de forage avait été effacée par le temps : désormais, la mousse recouvrait chaque pierre. Mais l'intérieur de la grotte mystérieuse avait été nettoyé et arrangé avec art par le fils du meunier qui en avait fait son habitation. Là, il était le chef des rebelles les plus courageux du monde.

Il agita une sonnette d'argent. Un petit homme, un nain portant une broche de diamants à son chapeau, arriva en sautillant. C'était son serviteur. Il lui fit la révérence. « Dès que la princesse Victoria sera là, vous la ferez entrer ! » clama Johannes d'une voix autoritaire. Le nain s'inclina à nouveau avant de disparaître. Johannes s'étira sur son divan moelleux et réfléchit. Il la ferait asseoir là et lui offrirait des mets délicats sur des plats d'or et d'argent ; un grand feu éclairerait la grotte ; derrière la lourde tenture de brocart doré, on préparerait son lit et douze chevaliers la veilleraient...

Johannes se leva et courbé, sortit de la grotte pour écouter. Des pas faisaient craquer les feuilles et les branches du chemin.

– Victoria ! cria-t-il.

– Oui.

Il alla à sa rencontre.

– Je n'ose pas, dit-elle.

Il haussa les épaules.

– Écoute, j'en viens ! J'en sors à l'instant...

Ils pénétrèrent à l'intérieur et il lui fit signe de s'asseoir sur une pierre :

– Tout à l'heure, l'ogre était à cette place.

– Arrête ! N'en parle pas... Tu n'avais pas peur ?

– Non.

– Tu m'as dit qu'il n'avait qu'un œil ; mais ce sont les trolls qui n'ont qu'un œil.

Johannes médita ces paroles.

– Il en avait deux ; seulement, il était borgne. C'est lui qui me l'a dit.

– Qu'a-t-il dit d'autre ? Non, je ne veux pas le savoir !

– Il m'a demandé si je voulais travailler pour lui.

– Mais tu n'as pas voulu, n'est-ce pas ? Que Dieu te protège !

– Je n'ai pas vraiment refusé.

– Tu es fou ! Tu veux qu'il t'enferme dans la montagne ?

– Oh, après tout… La vie sur cette terre m'est assez pénible.

Un silence les sépara, puis il reprit :

– Depuis que ces enfants de la ville sont là, tu ne les quittes plus…

Elle ne répondit pas.

– Alors que je suis plus fort pour te faire descendre du bateau que n'importe lequel d'entre eux, continua-t-il. Je suis sûr que je pourrais te porter une heure dans mes bras. Tiens, regarde.

Il la souleva et elle s'agrippa à son cou.

– Et maintenant, lâche-moi, Johannes.

Il la déposa à terre.

– Mais Otto aussi est fort, dit-elle. Il s'est même battu avec des grandes personnes.

– Avec des grandes personnes ? fit Johannes d'un air dubitatif.

– Oui. En ville.

– Dans ce cas… reprit-il après avoir réfléchi, je sais ce qui me reste à faire.

– Que veux-tu dire ?

– Je vais rejoindre l'ogre.

– Tu es fou ! s'écria Victoria.

– Cela m'est égal. J'y vais.

Victoria chercha un argument pour l'en dissuader.

– Il ne reviendra peut-être plus.

– Il viendra.

– Ici ? demanda-t-elle avec crainte.

– Oui.

Elle se leva et se dirigea vers la sortie.

– Viens, allons-nous-en.

– Cela ne presse pas, dit Johannes, un peu pâle malgré tout. Il ne sera pas là avant minuit.

Ces paroles la rassurèrent et elle voulut reprendre sa place, mais Johannes était maintenant très mal à l'aise et avait de la peine à dissiper en lui l'atmosphère de frayeur qu'il avait fait naître.

– Si tu tiens absolument à t'en aller, je vais te montrer une pierre sur laquelle ton nom est gravé, biaisa-t-il.

Ils se courbèrent et quittèrent la grotte pour se rendre devant la pierre.

Victoria rayonnait de bonheur.

– Chaque fois que tu la verras, tu penseras peut-être à moi… déclara Johannes, violemment ému.

– Oui, mais tu reviendras, n'est-ce pas ?

– Qui sait ? Non, je ne crois pas.

Ils se dirigèrent vers la maison. Johannes avait du mal à retenir ses larmes.

– Alors, au revoir, dit Victoria.

– Non, pas encore, je t'accompagne encore un petit bout de chemin…

Le fait qu'elle pût ainsi lui dire au revoir sans même attendre le dernier instant le remplit d'amertume, et de la colère se mêla à son émotion. Il s'arrêta brusquement :

– Sache seulement, Victoria, que jamais personne ne se montrera aussi gentil envers toi que moi. C'est moi qui te le dis.

– Otto aussi est gentil, rétorqua-t-elle.

– Eh bien, prends-le, dans ce cas.

Ils marchèrent encore quelques instants en silence.

– Ne crains rien, je serai très bien. Tu ne sais pas ce que j'aurai comme salaire.

– Non.

– La moitié du royaume. Et d'une.

– C'est pas vrai !

– Sans compter la princesse.

Victoria s'arrêta.

– Ce n'est pas vrai, dis ?

– Si, il me l'a promise.

Victoria se tut un instant, puis murmura, comme pour elle-même :

– Je me demande comment elle est.

– Ah, si tu savais… elle est plus belle que n'importe quelle créature humaine. C'est bien connu, d'ailleurs.

Victoria était vaincue.

– Et tu veux bien d'elle ?

– Ma foi, oui. Puis, voyant que ses mots l'avaient touchée, il ajouta :

– Je reviendrai peut-être un jour revoir la surface de la Terre.

– Alors, tu viendras sans elle, dis ? Pourquoi l'amènerais-tu ?

– Si tu le veux, je viendrai seul.

– C'est promis ?

– Promis, si cela te fait plaisir. Mais, après tout, en quoi cela te concerne-t-il ? Car je te suis indifférent, n'est-ce pas ?

– Ne dis pas ça. Je suis sûre qu'elle ne t'aime pas autant que moi.

Un bonheur profond réchauffa son jeune cœur : il se serait bien mis à sauter de joie, tant ces mots l'avaient rendu heureux. N'osant pas la regarder, il détourna le visage, puis, ramassant une branche qu'il débarrassa de son écorce, il s'en frappa la paume de la main. Finalement, ne sachant quelle contenance adopter, il se mit à siffloter.

– Bon, je crois que je vais rentrer, dit-il.

– Au revoir, répondit-elle, en lui tendant la main.

Le fils du meunier quitta le pays. Il resta absent de longues années, au cours desquelles il alla à l'école, s'instruisit, devint grand et fort, et vit sa lèvre supérieure s'orner d'un fin duvet. La ville était si loin, et le voyage aller et retour si coûteux, que le brave meunier fut contraint de laisser son fils en ville été comme hiver. Le jeune homme en profita pour étudier sans relâche. Il devait avoir maintenant dans les dix-huit ou vingt ans.

Un après-midi de printemps, il débarqua du vapeur. Au Château, on avait hissé le drapeau en l'honneur du fils de la maison qui rentrait par le même bateau pour les vacances. Une voiture l'attendait sur le quai. Johannes salua le châtelain, sa femme et Victoria. Mon Dieu, comme elle avait grandi ! Elle ne répondit pas au salut. Il ôta à nouveau sa casquette et entendit la jeune fille demander à son frère :

– Dis-moi, Ditlef, qui est ce jeune homme ?

– C'est Johannes. Tu sais, le fils du meunier…

Elle le regarda alors, mais il ne voulut plus la saluer. La voiture s'éloigna.

Johannes se dirigea vers la maison de ses parents.

Qu'elle était petite et mignonne ! Il dut se baisser pour y entrer. Ses parents l'accueillirent avec beaucoup d'égards et une grande émotion le gagna : tout ici lui était si cher, si doux, son père et sa mère qui tour à tour lui prenaient la main pour lui souhaiter la bienvenue…

Le soir même, il fit un petit tour pour revoir tous les endroits qu'il affectionnait : le moulin, la carrière, le coin où il pêchait, la forêt. Il écouta avec mélancolie le chant des oiseaux qui déjà bâtissaient leurs nids dans les arbres. En dernier lieu, il se dirigea vers la grande fourmilière.

Les insectes avaient disparu. Il la fouilla des mains, mais il n'y avait plus aucune trace de vie. Il nota également que beaucoup d'arbres avaient été abattus dans la forêt du Château.

– Tu te retrouves ? lui demanda son père pour plaisanter. As-tu revu tes grives ?

– Non, je ne reconnais plus rien. On a abattu beaucoup d'arbres.

– Les bois appartiennent au châtelain, répondit son père. Nous n'avons pas le droit de compter ses arbres. Tout le monde peut avoir besoin d'argent, et c'est précisément le cas du châtelain…

Les jours passèrent, des jours paisibles, attendrissants, avec de doux moments de solitude et riches en souvenirs d'enfance. Un retour à la terre et au ciel, à l'air et aux rochers.

Il prit le chemin du Château. Le matin, il avait été piqué par une guêpe et sa lèvre supérieure avait beaucoup enflé ; il était décidé, si jamais il rencontrait quelqu'un, à saluer sans s'arrêter. Il ne croisa personne. De loin, il aperçut une femme dans le jardin du Château ; lorsqu'il fut plus près, il s'inclina respectueusement et continua sa route. C'était la châtelaine. Comme dans son enfance, son cœur se mit à battre la chamade à l'approche de ces lieux. Le respect que lui imposaient la grande maison aux innombrables fenêtres et la personnalité sévère, droite, du châtelain, était ancré en lui.

Il descendit vers les quais et tomba, soudain, sur Ditlef et Victoria. Il se sentit aussitôt mal à l'aise.

N'allaient-ils pas s'imaginer qu'il les avait suivis ? Et, en plus, il avait une lèvre enflée ! En plein désarroi, il ralentit le pas, puis décida de ne pas s'arrêter. Il les salua de loin, en passant, la casquette à la main. Les autres lui répondirent d'un simple geste en poursuivant leur promenade. Cependant, Victoria lui avait adressé un long regard et son expression avait changé.

Johannes avança en direction des quais ; cette rencontre l'avait troublé et son allure était devenue nerveuse. Vraiment, Victoria avait grandi à un point incroyable : c'était déjà une femme, et plus ravissante que jamais. Ses sourcils se rejoignaient presque au-dessus du nez, comme deux fins traits de velours. Et son regard d'un bleu sombre était encore plus profond qu'auparavant.

Il décida de rentrer chez lui et emprunta un petit chemin à travers la forêt, pour passer loin du jardin de la propriété. Surtout, qu'on ne le soupçonne pas de courir après les enfants du Château ! Il grimpa sur un monticule et s'assit sur une pierre. Tout autour s'élevait un chœur sauvage et passionné d'oiseaux qui s'appelaient et se cherchaient, certains portant une petite branche dans le bec. Une douce senteur de terreau, de feuilles naissantes et de souches pourries emplissait l'air.

Ironie du sort, ses pas l'avaient conduit vers Victoria qui débouchait du chemin et venait droit sur lui. Désespéré et ennuyé à la fois, il souhaita être à cent lieues de là. Naturellement, elle allait penser qu'il l'avait suivie. Fallait-il la saluer ? Peut-être pourrait-il détourner la tête, d'autant plus que la piqûre de guêpe ne l'avantageait guère...

Toutefois, quand elle fut près de lui, il se leva et se découvrit. Elle lui sourit et lui fit un signe de tête.

– Bonsoir. Et bienvenue parmi nous.

Ses lèvres parurent trembler légèrement, mais elle se domina rapidement.

– Ma présence ici te paraîtra sûrement bizarre, dit-il pour s'excuser ; le fait est que j'ignorais que tu passerais par là.

– Vous ne pouviez pas le savoir. J'ai eu simplement envie de venir par ici.

Aïe ! Il l'avait tutoyée !

– Combien de temps resterez-vous ? demanda-t-elle.

– Le temps des vacances.

Il la sentit soudain distante et ne parvint pas à lui parler avec naturel. Pourquoi alors lui avait-elle adressé la parole ?

– Ditlef dit que vous êtes très doué, Johannes, et que vous réussissez très bien aux examens. Il dit aussi que vous écrivez des poèmes. C'est vrai ?

Très embarrassé, il répondit simplement :

– Oui, comme tout le monde.

Victoria ne fit aucun commentaire ; sans doute se préparait-elle déjà à repartir.

– Regardez-moi ça, j'ai été piqué par une guêpe ce matin, reprit-il en lui montrant sa lèvre, et ma bouche est tout enflée.

– Cela veut dire que vous êtes resté trop longtemps absent, les guêpes ne vous reconnaissent plus.

L'idée qu'il pût rester défiguré par une piqûre de guêpe la laissait indifférente. Très bien. Impassible, elle faisait rouler contre son épaule le pommeau d'or de son ombrelle rouge, et rien d'autre ne semblait l'intéresser. Pourtant, il l'avait portée délicatement dans ses bras plus d'une fois.

– Je ne reconnais plus les guêpes, répéta-t-il ; autrefois, elles étaient mes amies.

Ses mots avaient une signification profonde qu'elle ne saisit pas ; elle resta muette.

– Je ne reconnais plus rien ici. Même la forêt a changé : on a abattu beaucoup d'arbres.

Elle tressaillit imperceptiblement :

– Dans ce cas, vous ne pourrez peut-être pas écrire ici. Comme je serais heureuse pourtant si un jour vous me dédiiez un poème. Mais qu'est-ce que je dis ? Vous voyez, je n'y connais rien.

Il baissa les yeux, troublé, abasourdi. Elle se moquait gentiment de lui et lui parlait avec un air supérieur pour ensuite juger de l'effet produit.

Pardon, il n'avait pas perdu son temps qu'à écrire, il avait lu également, et plus que les autres…

– Bon. Je pense qu'on se reverra. À bientôt.

Il ôta sa casquette et s'en alla sans répondre.

Si seulement elle savait que tous ses poèmes lui avaient été dédiés, à elle, à elle seule. Tous, y compris celui à *La Nuit*, y compris celui à *L'Esprit de la Mare*. Mais cela, jamais elle ne le saurait.

Le dimanche suivant, Ditlef vint le chercher pour aller sur l'île. « Ils veulent sans doute que je les conduise à nouveau », pensa Johannes. Il se rendit sur le quai, où quelques personnes profitaient du repos dominical pour se promener. Tout était calme sous le chaud soleil. Soudain, venu du large, des îles lointaines, on entendit une musique : un orchestre jouait à bord du bateau postal qui, après un large virage, s'avançait vers le quai.

Johannes dégagea la barque et y prit place, prêt à ramer. Il était d'humeur douce, rêveuse. Cette belle journée, jointe à la musique, tissait devant ses yeux une toile de fleurs et d'épis dorés.

Que faisait donc Ditlef ? Il était en train de regarder le vapeur et les gens, comme s'il n'avait nulle intention d'embarquer. « Tant pis, je ne reste pas plus longtemps, je rentre », décida Johannes.

À peine allait-il exécuter la manœuvre, qu'une lueur blanche passa devant ses yeux, suivie du bruit d'un corps qui tombe à l'eau. Un cri de désespoir s'éleva du bateau et de la foule amassée sur le quai, tandis qu'une multitude de mains et de regards indiquait l'endroit où la tache blanche avait disparu. La musique s'arrêta sur-le-champ.

En un clin d'œil, Johannes fut sur les lieux. Il avait réagi instinctivement, et plongea sans hésiter. Du pont, la mère criait : « Ma fille, ma fille ! », mais il ne l'entendait pas.

Il demeura immergé une minute et les remous qu'il provoquait témoignaient de sa lutte acharnée. Du bateau montaient toujours des cris de détresse.

Il refit surface un peu plus loin, à plusieurs brasses de l'endroit où s'était produit l'accident. « Non, par là, par là ! » lui hurla-t-on avec de grands gestes.

Il retourna sous l'eau.

Un nouveau moment d'angoisse, de nouveaux gémissements d'un couple qui, sur le pont, se tordait les mains de désespoir. L'officier du bateau plongea à son tour après avoir enlevé ses chaussures et sa veste. Il nagea rapidement vers le lieu de l'accident et tous les espoirs se reportèrent sur lui.

La tête de Johannes réapparut, encore plus loin, à plusieurs brasses de là. Il avait perdu sa casquette et sa tête brillait au soleil comme une boule de cuivre. Visiblement, il avait des difficultés pour nager, et une de ses mains était prise. L'instant d'après, on le vit serrer quelque chose comme un baluchon entre ses dents : c'était la noyée qu'il ramenait, sous les exclamations de la foule, en la tirant par un pan de sa robe.

L'officier dut entendre aussi, car il leva la tête et regarda autour de lui. La barque avait dérivé, mais Johannes l'atteignit finalement et y déposa une jeune fille avant d'y monter lui-même. On le vit alors se pencher sur elle et lui déchirer pratiquement ses vêtements dans le dos. Puis il s'empara des rames et se dirigea de toutes ses forces vers le vapeur. Là, la jeune accidentée fut hissée à bord, sous les ovations des passagers.

– Comment vous est venue l'idée de chercher si loin ? lui demanda quelqu'un.

– Je connais les fonds. Je savais qu'il y avait des courants.

Un homme livide s'avança le long de la rambarde et lui sourit timidement. Quelques larmes mouillaient encore ses cils.

– Montez donc un instant ! lui lança-t-il. J'aimerais vous remercier. Nous avons une grande dette envers vous. Cela ne vous prendra qu'un petit moment.

L'homme s'éloigna, toujours aussi pâle.

On ouvrit la porte du bateau et Johannes monta à bord. Il ne resta que le temps de donner son nom et son adresse. Une femme vint l'embrasser malgré ses vêtements trempés, le monsieur blême, très ému, lui fit cadeau de sa montre, puis Johannes descendit dans une cabine où deux hommes s'occupaient de la noyée.

– Voilà, elle va mieux, le pouls est régulier !

Johannes observa la malade, une jeune fille blonde vêtue d'une robe courte déchirée dans le dos. Quelqu'un lui mit alors un chapeau sur la tête, et il fut conduit dehors.

Comment il se retrouva à terre, comment il tira son petit bateau à sec, il ne le savait pas très bien, mais il entendait clairement les derniers hourras et la musique en provenance du vapeur qui s'éloignait. Une onde de bonheur, douce et froide à la fois, le parcourut de la tête aux pieds, et il sourit, les lèvres tremblantes.

– Il n'y aura donc pas d'excursion aujourd'hui, grommela Ditlef, l'air mécontent.

Victoria les avait rejoints, et elle s'en mêla aussitôt :

– Mais enfin tu es fou ! Il doit aller se changer !

Quel événement dans sa dix-neuvième année !

Johannes rentra chez lui à pied. La musique et les cris résonnaient encore dans sa tête et il était comme porté par l'émotion. Il passa devant sa maison et traversa la forêt pour monter à la carrière de granit. Là, il chercha un endroit baigné de soleil. Ses habits fumaient. Il s'assit, mais, fou de joie, il se releva immédiatement pour tourner en rond. Quel bonheur ! Il s'agenouilla pour remercier à chaudes larmes le Seigneur de cette belle journée. Et elle s'était trouvée là, elle avait entendu les acclamations. « Rentre vite chez toi te changer », avait-elle dit.

Il se rassit et se mit à rire encore et encore. Oui, elle l'avait vu accomplir cet acte glorieux, elle l'avait suivi des yeux avec fierté lorsqu'il était réapparu avec la noyée entre les dents. Victoria ! Victoria ! Mais savait-elle seulement à quel point chaque instant de sa vie lui appartenait ! Il voulait être son serviteur, son esclave, balayer avec ses épaules la route devant elle. Et il embrasserait ses petits souliers, et il tirerait sa voiture, et il mettrait du bois dans son poêle les jours d'hiver. « Du bois doré, dans ta cheminée, Victoria. »

Il regarda autour de lui : personne. Il était seul. Il prit dans sa main la belle montre et vérifia qu'elle marchait.

Merci, merci pour cette belle journée ! Il caressa la mousse sur les pierres et les branches tombées au sol. Victoria ne lui avait pas souri, bien sûr, mais ce n'était pas non plus dans ses habitudes. Elle était restée immobile sur le quai et une faible rougeur était apparue sur ses joues. Peut-être aurait-elle aimé qu'il lui donne la montre ?

Le soleil se couchait et la chaleur commençait à diminuer. Il s'aperçut soudain que ses vêtements étaient encore mouillés et courut, léger comme une plume, jusqu'à sa maison.

Une grande fête fut donnée au Château, avec bals et réjouissances. De nombreux invités arrivèrent de la ville, et le drapeau flotta sur la tourelle pendant une semaine.

Il eût fallu faucher et rentrer le foin, mais les chevaux avaient été réquisitionnés pour le bon plaisir des hôtes, et les hommes devaient servir de cochers et de rameurs. La fenaison attendrait ; déjà la récolte s'abîmait sur pied.

Dans le salon jaune, on jouait de la musique en permanence...

Le vieux meunier, devenu sage en vieillissant, préféra arrêter son moulin et fermer sa maison. Il était déjà arrivé par le passé que de joyeux lurons de la ville soient venus en groupe s'amuser avec ses sacs de blé. Les nuits étaient si chaudes et si claires que les mauvais tours proliféraient... Une fois, dans sa jeunesse, le riche chambellan avait mis une fourmilière dans une auge qu'il avait placée à l'intérieur du moulin. Le chambellan s'était lui aussi assagi avec les années, mais son fils Otto venait toujours au Château et prisait les farces les plus saugrenues. On racontait beaucoup de choses sur son compte...

Des bruits de sabots, accompagnés de cris, retentirent dans la forêt. C'étaient les jeunes gens qui montaient les chevaux, luisants et nerveux, du Château. Arrivés chez le meunier, ils frappèrent à sa porte avec leurs fouets et voulurent entrer à cheval, bien que la porte fût très basse.

– Bonjour, bonjour ! hurlaient-ils. Nous sommes venus vous saluer.

Le meunier sourit humblement.

Ils descendirent de cheval, attachèrent les bêtes, et mirent le moulin en marche.

– La trémie est vide ! s'exclama le meunier. Vous allez casser la meule !

Mais, dans le bruit assourdissant, personne ne l'entendit.

– Johannes ! cria le vieil homme à pleins poumons en direction de la carrière.

Johannes apparut.

– Ils sont en train de faire marcher le moulin à vide, expliqua le père en gesticulant.

Johannes avança lentement vers les jeunes gens. Il était livide et les veines saillaient sur ses tempes. Il reconnut Otto, le fils du chambellan, à son uniforme de cadet ; deux autres garçons l'accompagnaient, dont l'un le salua en souriant, comme pour l'amadouer.

Sans un mot, sans un signe, le fils du meunier marcha sur Otto. Au même instant, deux cavalières débouchèrent de la forêt. L'une d'elles était Victoria. Vêtue d'une robe verte, elle montait la jument blanche du Château. Sans poser pied à terre, elle jeta un regard interrogateur sur toute la scène.

Johannes prit alors une décision : il monta au barrage et ouvrit l'écluse ; petit à petit le bruit s'estompa et le moulin s'arrêta.

– Non, laisse-le tourner, lui lança Otto. Pourquoi as-tu fait cela ? Laisse-le, je te dis.

– C'est toi qui as mis le moulin en marche ? lui demanda Victoria.

– Oui, répondit-il en riant. Pourquoi l'avoir arrêté ? Pourquoi ne pas le laisser ?

– Parce qu'il est vide, expliqua Johannes, haletant, en l'observant fixement. Vous comprenez ? Le moulin est vide.

– Tu vois bien, il te dit qu'il est vide, répéta Victoria.

– Comment pouvais-je le savoir ? s'écria Otto en riant de plus belle. Et pourquoi était-il vide ? N'y a-t-il plus de blé ?

– Allez, en selle ! lui intima un de ses camarades pour en finir.

Les garçons remontèrent à cheval et, avant de disparaître, l'un d'eux pria Johannes de ne pas lui en vouloir.

Victoria fut la dernière à partir. Peu après, elle fit demi-tour :

– S'il vous plaît, demandez à votre père d'excuser ce qui vient d'arriver, dit-elle.

– Il eût été plus logique que le cadet le lui demandât lui-même, répliqua Johannes.

– Oui, bien sûr, mais… Il a toujours la tête pleine d'idées folles… Cela fait longtemps que je ne vous ai pas vu, Johannes.

Il leva les yeux vers elle, n'en croyant pas ses oreilles. Comment avait-elle pu oublier l'événement de dimanche dernier, son heure de gloire ?

– Je vous ai vue dimanche sur le quai.

– Ah oui, en effet. Quelle chance que vous ayez pu aider l'officier à retrouver la jeune fille. Car vous l'avez retrouvée, n'est-ce pas ?

– Oui.

– Ou bien, ajouta-elle soudain, comme si elle se rappelait un détail oublié, est-ce que vous étiez seul… ? Après tout, cela n'a guère d'importance. Alors, je compte sur vous pour transmettre ce message à votre père. Bonne nuit.

Elle lui fit un signe de la tête, sourit et s'éloigna.

Lorsqu'elle eût disparu de sa vue, Johannes se dirigea, mécontent et mal à l'aise, vers la forêt. Il y trouva Victoria, seule, appuyée à un arbre, en train de pleurer.

Était-elle tombée de cheval ? Était-elle blessée ?

Il s'avança :

– Il vous est arrivé quelque chose ?

Elle fit un pas vers lui, les bras tendus, et le regarda d'un air radieux. Puis elle s'arrêta, baissa les bras et répondit :

– Non, rien ; j'ai mis pied à terre et j'ai laissé la jument rentrer sans moi… Johannes, il ne faut pas me regarder ainsi. Vous étiez là, près de l'étang, et vous me regardiez. Que me voulez-vous ?

– Ce que je vous veux ? Je ne comprends pas... bredouilla-t-il.

– Comme votre poignet est large, dit-elle tout à coup, en posant sa main sur la sienne, il est si large... Et vous êtes tout hâlé par le soleil ; vous avez un teint de noisette, c'est ça, de noisette.

Il alla pour lui prendre la main. Elle empoigna alors sa robe et mit un terme à la conversation :

– Il ne m'est rien arrivé. Je voulais seulement rentrer à pied. Bonne nuit.

Johannes retourna en ville. Et les jours et les années s'écoulèrent, une longue et riche période faite de travail et de rêves, de devoirs et de poésie. Ses débuts avaient été consacrés par la publication d'un poème sur Esther, *La Juive qui devint reine de Perse*, qui lui rapporta des droits d'auteur. Un deuxième poème, *Les chemins de l'amour*, dont le narrateur était le moine Vendt, lui apporta quelque célébrité.

Mais l'amour, qu'est-ce, au juste ? Un vent qui caresse les rosiers ? Non, c'est une flamme qui coule dans nos veines, une musique infernale, qui fait danser jusqu'au cœur des vieillards. C'est la marguerite qui s'ouvre à l'approche de la nuit, et c'est l'anémone qui se referme au moindre souffle et meurt dès qu'on l'effleure.

C'est cela, l'amour.

Il peut abattre un homme et le relever pour le marquer à nouveau au fer rouge. Il peut me faire signe aujourd'hui, à toi demain, et à un autre la nuit suivante, car il est fugace. Mais l'amour peut aussi rester fidèle, s'accrocher comme un sceau inviolable et brûler d'un feu inextinguible jusqu'à la mort, car il est éternel. Alors, qu'est-ce que l'amour ?

C'est une nuit d'été au ciel étoilé, au sol parfumé. Mais pourquoi encourage-t-il le jeunot à emprunter des chemins dérobés, pourquoi pousse-t-il le vieillard à se hausser sur la pointe des pieds dans sa chambre solitaire ?

Parce que l'amour transforme le cœur des hommes en une terre fertile et indécente où poussent de mystérieux et impudents champignons. N'est-ce pas l'amour qui incite le moine à entrer la nuit dans les jardins clos pour coller son œil à la fenêtre des belles endormies ? N'est-ce pas lui qui met la religieuse en folie et fait perdre la raison à la princesse ? C'est aussi par amour que le roi marche la tête au ras du sol, balayant la poussière du chemin de ses cheveux, tandis qu'il murmure des mots impudiques, rit et tire la langue.

C'est cela, l'amour.

Non, non, c'est encore autre chose : l'amour est unique. Il vint sur terre une nuit de printemps lorsqu'un jeune garçon aperçut deux yeux, deux yeux... Il les regarda fixement, embrassa une bouche, et dans son cœur ce fut comme une collision entre deux lumières, le choc entre un soleil et une étoile. Il tomba dans les bras de celle qui l'avait envoûté et n'entendit ni ne vit plus rien.

L'amour fut la première parole de Dieu et la première pensée qui traversa son esprit. Lorsqu'il commanda « Que la lumière soit ! », l'amour fut. Toute sa création fut réussie et il ne voulut rien y changer. Et l'amour, qui avait été à l'origine du monde, en fut aussi le maître. Mais ses chemins sont parsemés de fleurs et de sang. De fleurs et de sang...

Un jour de septembre.

Cette rue isolée était devenue son lieu de promenade favori : il y était aussi à l'aise que dans sa propre chambre et n'y rencontrait jamais personne. Dans les jardins qui bordaient chaque trottoir, les arbres étincelaient de leurs feuilles rouges et jaunes.

Que faisait Victoria ici ? Comment avait-elle pu venir jusque-là ? Il ne se trompait pas, c'était bien elle ; peut-être qu'hier aussi c'était elle qui marchait dans la rue, lorsqu'il avait regardé par la fenêtre.

Son cœur battait très vite. Il la savait en ville, on le lui avait dit. Mais elle fréquentait un milieu auquel lui, le fils du meunier, n'avait pas accès. De même, il n'avait aucune relation avec Ditlef.

Il se ressaisit et alla à sa rencontre. Ne le reconnaissait-elle pas ? Elle marchait, sérieuse et pensive, la tête haute.

Il la salua.

– Bonjour, répondit-elle d'une voix douce. Elle ne fit pas mine de vouloir s'arrêter, et il s'éloigna en silence. Au bout de la petite rue, il fit demi-tour, selon son habitude. « Je vais garder les yeux au sol et je ne les lèverai pas », pensa-t-il. Et il ne les leva qu'après une douzaine de pas.

Elle contemplait une vitrine.

Que faire ? Se faufiler dans la première rue ? Pourquoi s'attardait-elle là ? La vitrine du magasin ne contenait que des objets sans valeur : quelques pains de savon rouge, des bocaux de semoule et une poignée de vieux timbres.

Peut-être pouvait-il faire encore une dizaine de pas avant de se retourner.

Alors, elle le regarda et vint brusquement vers lui, à pas rapides, comme s'il lui avait fallu beaucoup de courage pour se décider. Elle avait le souffle court et lui sourit nerveusement avant de le saluer.

– Bonjour, je suis heureuse de vous rencontrer.

Mon Dieu, son cœur ! Il ne battait plus, il tremblait. Il voulut dire quelque chose, mais n'y parvint pas ; seules ses lèvres bougeaient. Un parfum se dégageait de ses vêtements, de sa robe jaune, ou était-ce de sa bouche ? Il ne pouvait distinguer son visage, mais reconnut ses épaules fines et observa sa jolie main dans laquelle elle serrait le manche de son ombrelle. C'était sa main droite. Elle était baguée.

Il ne se rendit pas immédiatement compte de ce que cela signifiait et n'eut aucun pressentiment. Sa main était merveilleusement belle.

– Je suis en ville depuis une semaine, poursuivit-elle, mais je ne vous ai pas vu. Ou plutôt si : une fois, dans la rue ; quelqu'un m'a dit que c'était vous. Vous avez beaucoup grandi !

– Je savais que vous étiez ici, chuchota-t-il. Vous comptez rester longtemps ?

– Non, quelques jours seulement. Il faut que je rentre, maintenant.

– Je vous remercie de m'avoir permis de vous saluer, fit-il.

– J'ai peur de m'être égarée, reprit-elle après un silence. J'habite chez le chambellan ; vous connaissez le chemin ?

– Si vous me le permettez, je vous accompagne.

Ils se mirent en route.

– Otto est à la maison ? demanda-t-il pour ranimer la conversation.

– Oui, répondit-elle simplement.

Quelques hommes, en train de déménager un piano, sortirent d'une porte et leur barrèrent la route. Victoria fit quelques pas sur sa gauche et sa hanche heurta celle de Johannes. Il la regarda.

– Pardon, fit-elle.

Ce contact lui avait procuré un plaisir intense ; il avait même pu respirer son haleine, tout près de sa joue.

– Je vois que vous portez une bague, reprit-il en souriant, l'air indifférent. Puis-je vous féliciter ?

Qu'allait-elle répondre ? Il évita de la regarder et retint sa respiration.

– Et vous ? Ne portez-vous pas encore de bague ? Non ? Vraiment ? Pourtant, on m'a assurée que... On entend raconter tellement de choses sur votre compte maintenant, c'est même écrit dans les journaux.

– Ce sont ces quelques poèmes que j'ai faits, mais vous ne les avez sans doute jamais lus ?

– N'y avait-il pas tout un recueil ? Il me semblait bien que...

– Si, il y avait aussi un petit recueil.

Ils arrivèrent à un square et elle prit place sur un banc. Bien qu'elle allât chez le chambellan, elle n'était pas pressée. Il resta debout devant elle.

– Asseyez-vous, dit-elle en lui prenant la main.

Elle ne la lâcha que lorsqu'il fut assis près d'elle.

« C'est maintenant ou jamais », pensa-t-il. Il essaya de lui parler sur un ton badin et détendu, sourit, regarda dans le vide et reprit :

– Ainsi, vous êtes fiancée, et vous vouliez me le cacher ? À moi qui suis votre voisin !

– Ce n'est pas exactement de cela que je voulais vous parler aujourd'hui, répliqua-t-elle après quelques instants de réflexion.

Il devint sérieux :

– Très bien, je comprends.

Un silence.

– Je savais bien que je n'avais aucune chance... c'est-à-dire que je ne pourrais jamais... je n'étais que le fils du meunier, alors que vous... Et naturellement, il ne pourrait en être autrement. D'ailleurs, je me demande comment j'ose être assis ici près de vous, et parler de cela. Je devrais plutôt rester debout, ou mieux, être à vos genoux. Ce serait ma vraie place. Mais c'est comme si... Toutes ces années d'absence m'ont donné du courage. Je sais que je ne suis plus un enfant, et que vous ne pourriez pas me faire jeter en prison, même si vous le souhaitez. C'est pourquoi j'ose vous dire tout cela. Mais ne m'en veuillez pas, ou alors je préfère me taire.

– Non, parlez, dites-moi ce que vous avez à me dire.

– Je peux ? Tout ce que je veux ? Mais à condition que votre bague ne me l'interdise pas.

– Elle ne vous interdit rien. Absolument rien.

– Comment ? Mais alors ? Que le bon Dieu vous bénisse, Victoria, je ne me trompe pas ? Il se leva d'un bond et se pencha pour la regarder au fond des yeux. La bague ne signifie donc rien ?

– Asseyez-vous.

Il s'exécuta.

– Si vous saviez comme j'ai pensé à vous ! Jamais, par Dieu, aucune autre pensée n'a eu place dans mon cœur. Pour moi, personne, de tous ceux que je voyais ou connaissais, personne n'existait à part vous. Je ne savais penser qu'une chose : « Victoria est la plus belle, la plus merveilleuse de toutes les femmes, et je la connais. *Mademoiselle Victoria !* » Cela dit, je réalisais pleinement que personne ne vous était plus indifférent que moi ; mais je vous connaissais – et pour moi c'était déjà beaucoup – je savais où vous viviez et, qui sait, peut-être vous arrivait-il parfois de penser à moi. Bien entendu, je n'ai jamais été dans vos pensées ; mais souvent, le soir, assis à ma table, j'imaginais que vous vous souveniez de moi. Et alors, mademoiselle Victoria, c'était comme si les portes du paradis s'ouvraient à moi, j'écrivais des poèmes pour vous et je dépensais tout mon argent à vous acheter des fleurs que je mettais dans un vase. Tous mes poèmes vous sont dédiés, sauf ceux qui ne sont pas imprimés. Sans doute n'avez-vous pas lu ceux qui sont publiés. Je viens de commencer une œuvre importante. Mon Dieu, que je vous suis reconnaissant, je suis empli de vous et c'est tout mon bonheur. Toujours, j'entends, je vois quelque chose qui me fait penser à vous, tous les jours, toutes les nuits. J'ai écrit votre nom au plafond et le contemple de mon lit ; mais la fille qui fait le ménage chez moi ne peut pas le voir, je l'ai écrit en caractères minuscules afin de l'avoir pour moi tout seul. Cela me procure beaucoup de joie.

Elle se détourna un instant, ouvrit son corsage et en sortit un papier.

– Regardez, dit-elle haletante. Je l'ai découpé et je l'ai gardé. Je peux bien vous l'avouer, je le lis tous les soirs. La première fois, c'est papa qui me l'a montré. Je suis allée à la fenêtre pour le lire. « Où est-ce ? Je ne le trouve pas », dis-je en feignant de chercher dans le journal. Mais je l'avais découvert et j'étais déjà en train de le lire. Et j'étais heureuse.

Le léger parfum de sa poitrine émanait du papier ; elle le déplia et le lui montra ; c'était une de ses premières compositions, quatre vers dédiés à Victoria, la cavalière au cheval blanc, l'aveu simple et passionné de son cœur, l'explosion qu'il n'avait su contenir et qui brillait comme une étoile naissante.

– Oui, c'est de moi. J'ai écrit ce poème il y a bien longtemps, une nuit où les peupliers dansaient devant ma fenêtre pendant que je travaillais. Vraiment, vous l'avez gardé ? Merci. Et vous le cachez à nouveau ! Ah ! s'exclama-t-il avec ravissement. Puis, à voix très basse, il ajouta :

– Et dire que vous êtes toute proche en cet instant... Je sens votre bras contre le mien, vous êtes si rayonnante. Lorsque j'étais seul, il m'arrivait souvent de penser à vous et de tressaillir ; mais en ce moment j'ai chaud. La dernière fois que je suis allé au pays, vous étiez délicieuse, mais à présent, vous l'êtes encore plus. Ce sont vos yeux, vos sourcils, votre sourire – non, je ne sais pas, c'est vous tout entière.

Elle lui sourit, paupières mi-closes. Ses yeux bleus paraissaient encore plus sombres sous ses longs cils. Elle était pour lui l'image du bonheur suprême. D'un geste inconscient, elle approcha sa main de lui.

– Merci, murmura-t-elle.

– Non, Victoria, ne me remerciez pas.

Tout son être se tendait vers elle ; il aurait voulu en dire bien davantage, mais, ivre de joie, il ne pouvait qu'articuler une suite d'exclamations confuses :

– Mais, Victoria, si vous m'aimez un peu... je ne sais pas, dites-moi que vous m'aimez, même si ce n'est pas vrai. Je vous en prie. Je vous promets de devenir quelqu'un, quelqu'un de grand, d'exceptionnel même. Vous ne pouvez savoir ce que je suis capable de faire ; parfois, j'y réfléchis, et je sais que j'ai en moi des ressources inexploitées. Souvent, la nuit, j'ai l'impression de me vider : je marche dans ma chambre en chancelant sous les visions qui m'assaillent. Dans la chambre voisine, il y a un homme que j'empêche de dormir ; alors, il frappe au mur. Au petit matin, il fait irruption chez moi, furieux. Mais cela ne fait rien, je m'en moque, puisque j'ai pensé à vous toute la nuit, et que j'ai l'impression de vous avoir à mes côtés. Je vais à la fenêtre en chantant, le jour se lève, les peupliers se balancent au vent. « Bonne nuit », dis-je à la clarté naissante. C'est pour vous. Je pense : « Elle dort maintenant. Bonne nuit. Que Dieu la bénisse. » Mais jamais je n'aurais imaginé que vous seriez aussi merveilleuse. Lorsque vous serez partie, je me souviendrai de vous telle que vous êtes en ce moment. Je me le rappellerai très bien...

– Vous ne rentrez pas chez vous ?

– Non, je n'ai pas fini. Si, je vais rentrer. Je pars, maintenant. Je n'ai pas fini, mais je ferais n'importe quoi. Vous arrive-t-il de vous promener dans le jardin à la maison ? Y allez-vous parfois le soir ? Comme ça, je pourrais vous apercevoir, vous saluer peut-être. Pas pour autre chose, non. Mais si vous m'aimez un tout petit peu, si seulement vous me supportez, alors, dites-le-moi... faites-moi ce plaisir... Vous savez, il y a un palmier qui ne fleurit qu'une fois dans sa vie, bien qu'il vive soixante-dix ans. C'est le tallipot. Comme lui, je fleuris en ce moment. Je vais me procurer de l'argent et rentrer chez moi. Je vais vendre ce que j'ai écrit ; je suis en train de faire une œuvre importante que je vais vendre tout de suite, dès demain, tout ce qui est rédigé. Cela me rapportera pas mal d'argent. Vous aimeriez que je rentre ?

– Oui.

– Merci ! Merci ! Pardonnez-moi si mon espoir est trop grand, si ma foi est trop absolue, mais c'est si bon de croire intensément. C'est le plus beau jour de ma vie.

Il ôta son chapeau et le posa à côté de lui.

Victoria regarda autour d'elle ; une dame descendait la rue, et, plus haut, une femme approchait, un panier sous le bras.

Victoria devint nerveuse et chercha sa montre.

– Vous devez partir ? demanda-t-il. Dites-moi quelque chose avant de vous en aller, laissez-moi entendre votre... Je vous aime, voilà, c'est dit. Il ne dépendra que de vous et de votre réponse pour que... Vous avez tout pouvoir sur moi. Que me répondez-vous ?

Voyant qu'elle restait muette, il baissa la tête, puis ajouta d'une voix suppliante :

– Non, ne dites rien.

– Pas ici, fit-elle. Là-bas.

Ils se mirent en route.

– On raconte que vous allez épouser la jeune fille que vous avez sauvée. Comment s'appelle-t-elle déjà ?

– Vous voulez parler de Camilla ?

– Camilla Seier, oui. On dit que vous allez vous marier avec elle.

– Pourquoi cette question ? C'est encore une petite fille. J'ai été reçu plusieurs fois dans la maison de ses parents, un véritable château où tout est grand et beau, comme chez vous. Mais Camilla est encore une enfant.

– Elle a quinze ans. Je l'ai rencontrée une fois ou deux. Elle est charmante. Et très belle.

– Je n'ai pas l'intention de l'épouser, trancha-t-il.

– Ah.

Il la dévisagea, et une grimace traversa son visage.

– Mais pourquoi dites-vous cela maintenant ? Vous voulez détourner mon attention ?

Elle avançait à pas rapides, sans répondre. Arrivée devant la maison du chambellan, elle lui saisit la main et l'entraîna dans le hall.

– Mais je ne veux pas entrer, protesta-t-il, un peu confus.

Elle ignora sa remarque et alla sonner à la porte. Puis elle se retourna.

– Je vous aime, dit-elle, très émue. Vous comprenez ? C'est vous que j'aime.

Elle redescendit les trois ou quatre marches qui les séparaient et lui passa les bras autour du cou avant de l'embrasser. Elle tremblait, serrée tout contre lui.

– C'est vous que j'aime, répéta-t-elle.

La porte s'ouvrit. Elle se libéra précipitamment et remonta l'escalier en courant.

Un matin de septembre. Le jour se levait bleuté et incertain, presque tremblant. Les peupliers du jardin frémissaient doucement. Une fenêtre s'ouvrit et un homme s'y appuya en fredonnant. Il était sans pardessus. Il regardait le monde comme un fou qui se serait soûlé de bonheur durant la nuit. Soudain, il se tourna vers la porte ; quelqu'un venait de frapper.

– Entrez ! cria-t-il.

Un homme parut.

– Bonjour ! lança le fou au visiteur, un monsieur d'un certain âge, pâle de colère, tenant une lampe à la main.

– Je viens vous demander, monsieur Möller, monsieur Johannes Möller, si vous trouvez que c'est raisonnable.

Très énervé, il avait du mal à s'exprimer clairement.

– Non, répondit Johannes. Vous avez raison. J'ai un peu écrit, j'avais l'inspiration facile ; tenez, j'ai écrit tout ça ; j'ai eu une nuit très fructueuse. Mais à présent j'ai terminé. Je venais justement d'ouvrir ma fenêtre pour chanter un brin.

– Vous hurliez ! De ma vie je n'ai entendu chanter aussi fort, vous comprenez. Et cela au milieu de la nuit !

Johannes prit des papiers sur la table, une poignée de feuilles, petites et grandes entremêlées.

– Mais regardez donc, s'écria-t-il. Je vous dis que je n'ai jamais aussi bien travaillé ! Mon inspiration était comme un long éclair. Une fois, j'en ai vu un qui suivait une ligne télégraphique. Bon Dieu, c'était comme un champ de feu. De la même manière, les mots ont coulé sur le papier cette nuit. Que vous dire ? Je ne pense pas que vous puissiez m'en vouloir maintenant que vous êtes au courant. Je travaillais, assis à cette table, sans bouger ; j'ai pensé à vous et j'ai essayé de ne pas faire de bruit. Jusqu'au moment où j'ai oublié votre présence. Ma poitrine allait éclater et je me suis levé ; peut-être me suis-je relevé encore une fois dans le courant de la nuit et ai-je fait quelques pas dans ma chambre. J'étais si heureux.

– Je ne vous ai pas entendu cette nuit, dit l'homme. Mais ce que je ne puis vous pardonner, c'est de chanter à tue-tête à votre fenêtre, comme vous venez de le faire. À cette heure-ci !

– D'accord. C'est impardonnable. Mais je viens de vous expliquer ; j'ai connu une nuit inoubliable, vous savez. Hier, il m'est arrivé quelque chose : je marchais dans la rue, et voilà que je rencontre mon bonheur, ma bonne étoile. Écoutez-moi, je vous en prie. Tout à coup, elle m'embrasse. Sa bouche était toute rouge et son baiser m'a enivré. Je l'aime. Vous est-il déjà arrivé d'avoir le souffle coupé par l'émotion ? J'étais incapable de prononcer un mot, mon cœur me secouait tout le corps. J'ai couru jusqu'à chez moi et je me suis endormi sur cette chaise. À la tombée de la nuit, je me suis réveillé. Mon âme était ivre d'émotion et je commençai à écrire. Ce que j'écrivis ? Tout ça ! J'étais possédé par des pensées étonnantes, exquises, le ciel s'ouvrait à moi, comme un jour d'été libère l'esprit ; puis un ange me servit du vin très fort dans une écuelle de grenat… Si j'ai entendu sonner l'heure ? Si j'ai vu la lampe s'éteindre ? Puisse le Seigneur vous aider à comprendre ! J'ai revécu mon aventure une deuxième fois, j'étais à nouveau dans la rue avec celle que j'aime et tout le monde se retournait pour l'admirer. Nous sommes entrés dans le parc et nous avons rencontré le Roi. De joie, j'ai balayé le sol devant lui avec mon chapeau et il s'est tourné vers elle, vers mon aimée, parce qu'elle est grande et belle. Nous sommes redescendus en ville et tous les écoliers la regardaient, parce qu'elle est jeune et qu'elle portait une robe claire.

Arrivés devant une maison de briques rouges, nous sommes entrés. J'ai monté l'escalier derrière elle et me suis précipité pour m'agenouiller devant elle. Puis elle m'a embrassé. Cela m'est arrivé hier soir, il n'y a pas longtemps, vous voyez. Vous me demandez ce que j'ai écrit. Un hymne ininterrompu à la joie, une ode à la vie. J'avais l'impression que la fée du bonheur était couchée nue à mes pieds, et tendait son long cou vers moi en riant.

– Franchement, je ne tiens pas à parler plus longtemps avec vous, fit l'autre, excédé. Je ne vous adresserai plus la parole.

Johannes l'arrêta à la porte.

– Attendez ! Si vous aviez vu... le soleil vient de parcourir votre visage. Je l'ai vu à l'instant, c'est la lampe qui a projeté un rayon de soleil sur votre front. Ce n'était presque rien, mais je l'ai vu. D'accord, j'ai ouvert la fenêtre, j'ai chanté à haute voix. Je me sentais l'ami de tout le monde. Cela arrive parfois. On perd la raison. J'aurais dû penser que vous étiez en train de dormir...

– Toute la ville est en train de dormir...

– Oui, il est encore très tôt. Je voudrais vous offrir quelque chose. Voulez-vous accepter ce présent ? Il est en argent, c'est le cadeau d'une petite fille que j'ai sauvée une fois. Je vous en prie ! Il contient vingt cigarettes. Vous n'en voulez pas ? Ah, vous ne fumez pas ? Vous avez tort, vous devriez prendre cette habitude. Puis-je venir vous voir demain pour vous présenter mes excuses ? J'aimerais tellement pouvoir faire quelque chose pour vous, me faire pardonner...

– Bonne nuit.

– Bonne nuit. Je vais me coucher maintenant. C'est promis. Vous n'entendrez plus un son en provenance de cette pièce. Et à l'avenir, je tâcherai de mieux me conduire.

L'homme s'en alla.

Johannes rouvrit brusquement sa porte et ajouta :

– J'oubliais... je m'en vais bientôt. Je ne vous dérangerai plus, je pars demain. J'avais oublié de vous en faire part.

Il ne partit pas. Plusieurs choses le retinrent : des engagements à honorer, des courses et des paiements à effectuer. Le soir fit place au matin et il tournait toujours en rond comme un égaré.

Finalement, il alla sonner à la porte du chambellan.

Victoria était-elle là ?

Non, elle était sortie en courses.

Il expliqua qu'ils étaient du même pays, Mlle Victoria et lui, et que, si elle avait été là, il se serait permis de la saluer. Il aurait voulu lui demander en outre de porter un message à sa famille lorsqu'elle y retournerait.

Il fit un tour en ville. Peut-être avait-il une chance de la rencontrer ou de l'apercevoir dans un fiacre. Il marcha jusqu'au soir. Il l'entrevit enfin devant le théâtre et la salua en souriant. Elle répondit à son salut et il voulut s'avancer vers elle, faire les quelques pas qui les séparaient, lorsqu'il comprit qu'elle n'était pas seule : Otto, le fils du chambellan, l'accompagnait. Il portait son uniforme de lieutenant.

« Elle me fera peut-être un petit signe des yeux », pensa Johannes, mais elle se hâta au contraire d'entrer dans le théâtre la tête baissée, le visage écarlate, comme si elle voulait se cacher.

Peut-être pourrait-il la voir à l'intérieur ? Il acheta un billet et entra.

Il connaissait la loge du chambellan. Bien sûr, comme tous les riches, le chambellan avait sa loge.

Victoria était là, plus ravissante que jamais, en train d'observer l'assistance.

Au cours de l'entracte, il s'approcha d'elle dans le foyer et la salua ; elle lui répondit par un regard surpris, puis lui fit un signe de la tête.

– Tu pourras avoir un verre d'eau par ici, déclara Otto en l'entraînant avec lui.

Johannes les regarda passer et son regard se voila. Les gens le bousculaient, agacés par son immobilité, et il leur demandait pardon mécaniquement, sans même bouger.

Il la perdit de vue.

Lorsqu'elle revint, il lui fit une profonde révérence.

– Pardonnez-moi, mademoiselle,... commença-t-il.

Otto s'en mêla aussitôt en le toisant de haut.

– C'est Johannes, intervint Victoria en le présentant. Tu ne le reconnais pas ? Vous désirez sans doute savoir comment vont vos parents, enchaîna-t-elle. Son visage était merveilleusement calme. À vrai dire, je ne sais pas, mais je pense que tout le monde va bien. Parfait, je saluerai le meunier de votre part.

– Merci. Mademoiselle compte rentrer bientôt ?

– Prochainement, oui. Très bien. Je transmettrai.

Elle baissa la tête en guise de salut et s'éloigna.

À nouveau, Johannes la suivit des yeux tant qu'il le put, puis il sortit du théâtre.

Il commença une longue errance, la démarche lourde et triste, pour tuer le temps. À dix heures, il était en train d'attendre devant la maison du chambellan. Les théâtres allaient bientôt fermer et elle ne saurait tarder. Peut-être pourrait-il ouvrir la porte du fiacre, enlever son chapeau et lui faire la révérence ?

Une demi-heure plus tard, elle arriva.

Pouvait-il rester là, près de la porte, et l'aborder encore une fois ? Non. Il s'éloigna en courant, sans se retourner.

Il entendit cependant la porte s'ouvrir, pour se refermer sitôt le fiacre entré. Il revint sur ses pas et déambula une heure devant la maison.

Il n'attendait personne, et n'avait rien de précis à faire ici. Tout à coup, la porte s'ouvrit et Victoria apparut sur le trottoir. Elle n'avait pas de chapeau, simplement un châle jeté sur les épaules. Elle eut un sourire timide et gêné.

– Vous méditez ? dit-elle pour engager la conversation.

– Non, ou plutôt si, je médite. Enfin, non, je me promène, c'est tout.

– Je vous ai vu marcher devant la maison et j'ai voulu… je vous ai aperçu de ma fenêtre. Il faut que je rentre tout de suite.

– Merci d'être venue, Victoria. Avant que vous arriviez, j'étais désespéré, et voilà que c'est passé. Pardonnez-moi de vous avoir abordée au théâtre ; malheureusement je suis également allé prendre de vos nouvelles chez le chambellan. Je voulais vous revoir pour savoir ce que vous entendiez au juste, pour connaître vos véritables intentions.

– Mais vous les connaissez. Avant-hier, j'en ai dit suffisamment pour qu'il n'y ait pas de malentendus.

– Malgré cela, il me reste de nombreux doutes.

– N'en parlons plus. J'en ai dit suffisamment, beaucoup trop même, et maintenant je vous fais de la peine. Je vous aime, je n'ai pas menti avant-hier, et je ne mens pas non plus en ce moment, mais beaucoup de choses nous séparent. Je vous apprécie, je parle volontiers avec vous, plus qu'avec d'autres, mais… Je n'ose pas rester davantage, on peut nous voir d'en haut. Johannes, il y a énormément de choses que vous ignorez ; ne me demandez pas de vous dire ce que j'entends par là. J'y réfléchis nuit et jour ; j'étais sincère l'autre fois. Mais ce sera impossible.

– Qu'est-ce qui sera impossible ?

– Tout. Écoutez, Johannes, ne m'obligez pas à avoir de l'orgueil pour deux.

– Très bien. Je ne vous causerai pas ce souci ! Donc, vous m'avez leurré avant-hier. Vous m'avez rencontré dans la rue, vous étiez de bonne humeur et...

Elle se détourna et fit mine de rentrer.

– J'ai fait quelque chose de mal ? demanda-t-il. La pâleur rendait son visage méconnaissable. Je veux dire, comment ai-je pu gâcher votre... ? Ai-je détruit quelque chose durant ces deux jours et ces deux nuits ?

– Non, ce n'est pas ça. Seulement, j'ai réfléchi. Pas vous ? Cela a toujours été impossible, vous savez. Je vous aime bien, je vous estime beaucoup...

– Et je vous admire !

Elle le regarda, son sourire la blessa et elle poursuivit, irritée :

– Mais à la fin, ne comprenez-vous pas que papa vous refuserait ma main ? Pourquoi m'obligez-vous à le dire ? Vous le savez très bien. Que deviendrions-nous ? N'ai-je pas raison ?

– Si, répondit-il après un long silence.

– D'ailleurs, poursuivit-elle, ce n'est pas la seule raison... Il ne faut plus me suivre au théâtre, vous m'avez fait peur. Ne le faites plus jamais.

– Bien.

Elle lui saisit la main et reprit :

– Ne pouvez-vous pas faire un petit tour chez vos parents ? Je vous attendrais avec joie. J'ai froid, mais votre main me réchauffe. Je dois rentrer maintenant ; bonne nuit.

– Bonne nuit.

La rue en pente, froide, grise, ressemblait à une ceinture de sable. Une route sans fin. Il rencontra un gamin qui vendait des roses brisées, fanées. Il l'appela, en prit une et lui donna une petite pièce de cinq couronnes en or, une véritable aubaine pour le gosse, puis repartit. Peu après, il aperçut un groupe d'enfants qui jouaient près d'une porte. Assis tranquillement dans un coin, un garçon de dix ans les observait ; ses yeux bleus étaient ceux d'un vieillard. Il avait les joues creuses, le menton carré et portait une casquette de toile, ou plus exactement la doublure d'une casquette pour cacher sa perruque. Une maladie du cuir chevelu avait à jamais marqué son crâne. Qui sait si son âme n'était pas déjà brisée, fanée elle aussi.

Johannes observait tout cela, bien qu'il ne sût pas avec précision où il se trouvait, ni dans quelle direction il marchait. Il commença à pleuvoir, mais il ne s'en rendit pas compte et n'ouvrit pas le parapluie qu'il avait pourtant sur son bras depuis le matin. Arrivé à un square, il alla s'asseoir sur un banc. La pluie redoubla de violence et, inconsciemment, sans se lever, il ouvrit son parapluie. Au bout d'un instant, une grande fatigue s'abattit sur lui : son cerveau était dans une sorte de brouillard et il ferma les yeux pour s'endormir presque aussitôt.

Peu après, les voix de quelques passants le réveillèrent et il reprit son vagabondage. Il avait l'esprit plus clair à présent et se rappelait parfaitement les derniers événements, même l'enfant auquel il avait donné cinq couronnes pour sa rose. Il s'imaginait la joie du petit bonhomme lorsqu'il réaliserait que ce n'était pas une pièce de vingt-cinq öre, mais de cinq couronnes, et en or, qu'il avait reçue. Que Dieu te bénisse, petit !

Chassés par la pluie, les autres enfants étaient peut-être rentrés dans la cour pour y poursuivre leurs jeux de quilles ou de marelle. Et le vieillard de dix ans défiguré les regardait, sans rien dire. Qui sait, peut-être avait-il dans sa chambre au fond de la cour une joie secrète, une poupée, un pantin ou une toupie. Peut-être n'avait-il pas tout perdu dans la vie, peut-être l'espoir n'était-il pas encore mort dans son esprit fané.

Une jolie femme mince parut soudain devant lui. Il sursauta, puis s'arrêta. Non, il ne la connaissait pas. Elle avait surgi d'une rue transversale et s'éloignait à grands pas, sans parapluie, malgré la forte averse. Il la suivit, la regarda et s'en alla. Qu'elle était jeune et belle ! Elle allait sans doute se mouiller et s'enrhumer, mais il n'osait l'approcher. Pour qu'elle ne fût pas seule à subir cette épreuve, il ferma son parapluie.

Il rentra chez lui à minuit passé.

Une lettre, ou plutôt une carte, l'attendait sur sa table. C'était une invitation. Les Seier le conviaient chez eux le lendemain soir. Il y rencontrerait des connaissances, parmi lesquelles, devinait-il ? Victoria, la jeune fille du Château. « Avec nos salutations amicales. »

Il s'endormit sur sa chaise. Quelques heures plus tard, le froid le réveilla. À moitié endormi, frissonnant de fatigue et abattu par les nombreuses contrariétés de la journée, il prit sa plume pour décliner l'invitation.

Il allait descendre pour poster sa réponse, lorsqu'il se souvint que Victoria était au nombre des invités. Ainsi, elle ne lui avait rien dit ; elle avait craint qu'il ne vînt et avait ainsi voulu éviter de le rencontrer dans le grand monde.

Il déchira sa lettre et en écrivit une autre dans laquelle il remerciait de l'invitation : il viendrait avec plaisir.

Pris d'une rage subite, il se sentit humilié et heureux à la fois, et sa main se mit à trembler. Pourquoi n'irait-il pas ? Pourquoi devrait-il se cacher ? Assez !

Il arracha rageusement tout un paquet de feuilles de son calendrier et se projeta ainsi d'une semaine dans le futur. Il s'imagina qu'il était au comble du bonheur et voulut jouir de cet instant : il allait allumer une pipe et passer un agréable moment sur sa chaise.

Sa pipe était encrassée et il chercha en vain un couteau pour la nettoyer. N'en trouvant pas, il détacha une des aiguilles de la pendule dans le coin de la pièce. Cet acte de destruction lui fit du bien, provoquant même un rire intérieur et il chercha autour de lui un nouvel objet à briser.

Finalement, il se jeta sur son lit avec ses vêtements mouillés et s'endormit.

Lorsqu'il se réveilla, très tard, il pleuvait toujours. Il n'était pas encore complètement lucide et des bribes de rêves se mêlaient aux souvenirs de la veille ; il n'avait pas de fièvre, au contraire : ses bouffées de chaleur avaient disparu. Il ressentait une impression de fraîcheur comme s'il avait marché toute la nuit dans une forêt chaude et humide et qu'il fût enfin arrivé aux bords d'un lac.

On frappa à la porte. Le facteur venait lui remettre une lettre. Il l'ouvrit, la regarda et la lut sans bien comprendre.

C'était un petit mot de Victoria, écrit sur une demi-feuille : elle avait oublié de lui dire qu'elle allait le soir même chez les Seier ; elle désirait l'y rencontrer pour lui fournir davantage d'explications, pour lui demander de ne plus penser à elle, de prendre tout cela en homme. « Pardonnez le vilain papier. Amitiés. »

Il sortit, alla manger et rentra chez lui, où il rédigea un mot pour les Seier : il lui était impossible de venir, mais il essaierait d'aller les voir un autre soir, demain par exemple.

Il fit porter la lettre par un coursier.

Et vint l'automne. Victoria était repartie chez elle et la petite rue avait retrouvé son aspect tranquille. Chaque nuit, la lumière brûlait dans la chambre de Johannes. Il allumait sa lampe dès la première étoile et l'éteignait au lever du jour. Il travaillait, non sans mal, à sa grande œuvre.

Les semaines et les mois s'écoulèrent. Il était seul et ne recherchait aucune compagnie ; ainsi, il ne se rendit plus jamais chez les Seier. Souvent, son imagination lui jouait des tours et lui faisait mêler au récit des histoires qui lui étaient étrangères et qu'il était par la suite obligé de supprimer. Cela retardait beaucoup son travail. Un bruit inattendu dans le silence de la nuit, le vacarme d'un fiacre sur la chaussée, et ses pensées s'envolaient :

– Attention ! Laissez passer la voiture !

Pourquoi ? Pourquoi faire attention à cette voiture ? Elle passe, elle est déjà au coin de la rue où se trouve un homme sans pardessus et sans casquette qui se jette en avant. La voiture le heurte de plein fouet. Il est renversé, blessé, tué. Cet homme veut mourir, c'est son affaire. Il ne boutonnera plus sa chemise, il ne nouera plus les lacets de ses chaussures le matin et s'en ira la poitrine à l'air, nue et maigre. Il va mourir… Un homme sur son lit de mort écrit une lettre à un ami, juste une petite prière. Une fois disparu, l'homme laissera ce mot, daté et signé, et bien qu'il sache devoir mourir une heure plus tard, sa missive comporte des minuscules et des majuscules. Comme c'est curieux. Selon son habitude, il a souligné sa signature d'un trait en forme de S. Et une heure plus tard, il n'est plus de ce monde… Il y a aussi un autre homme, seul dans une petite chambre aux parois de bois peintes en bleu. Et après ? C'est tout. Parmi tous les habitants de la Terre, il a été désigné pour mourir maintenant. Cette pensée l'occupe et il y réfléchit jusqu'à l'épuisement. Il voit que le soir tombe, que la pendule au mur indique huit heures et ne comprend pas qu'elle ne sonne pas. La pendule ne sonne pas ! Il est même huit heures passées de quelques minutes et la pendule fonctionne, il l'entend bien, mais elle refuse de sonner ! Pauvre homme, son cerveau s'est déjà endormi, la pendule a sonné sans qu'il s'en soit rendu compte. Alors, il lacère le portrait de sa mère accroché au mur – pourquoi ce tableau, qui ne lui sera plus d'aucune utilité, devrait-il rester intact quand lui, il ne sera plus ? Ses yeux fatigués s'arrêtent sur le pot de fleurs sur la table ; il allonge la main et le pousse, lentement, méticuleusement, pour qu'il tombe et se casse. Pourquoi devrait-il rester entier ? Puis il lance son porte-cigares d'ambre par la fenêtre. À quoi lui servirait-il désormais ? Il lui paraît évident que cet objet n'a pas besoin de lui survivre. Dans une semaine, l'homme sera mort...

Johannes se leva et se mit à arpenter sa chambre. Son voisin, réveillé par le bruit, ne ronflait plus ; il poussa un soupir, presque une plainte de désespoir. Johannes retourna à sa table de travail et s'assit. Les peupliers devant la fenêtre murmuraient au vent et le firent tressaillir de froid. Ces vieux arbres dépouillés de leurs feuilles le faisaient penser à des créatures monstrueuses : quelques branches noueuses se frottaient contre les murs de la maison avec un gémissement semblable au crissement d'une scierie infernale.

Il jeta un coup d'œil sur ses papiers et les relut. Voilà, son imagination l'avait encore une fois détourné du récit... Il n'avait que faire de la mort et de la voiture qui passait. Il était en train de décrire un jardin verdoyant près de sa maison natale : celui du Château. À cette heure, le jardin était caché sous la neige, mais il imaginait qu'il n'y avait ni hiver ni neige et qu'au contraire un vent de printemps très doux y répandait son parfum. C'était le soir. L'eau, plus bas, était tranquille, profonde, comme une mer de plomb. Le lilas embaumait de tous ses arbustes couverts de feuilles et de fleurs. L'air était si calme que l'on entendait une grouse pousser son cri de l'autre côté de la baie. Seule, dans une allée du jardin, Victoria se promenait. Elle avait tout juste vingt ans. Plus grande que les hauts rosiers, elle tournait son regard vers l'eau, les forêts et les montagnes endormies au loin. Au milieu de la verdure, sa robe paraissait encore plus blanche. Elle entendit un bruit de pas et se dirigea vers la tonnelle dérobée, s'appuya au mur et regarda. Sur le chemin, un homme se découvrit et balaya le sol avec son chapeau pour la saluer. Elle lui répondit par un simple signe de la tête. L'homme regarda autour de lui : personne en vue ; il s'approcha du mur. Effrayée, elle recula et lui fit signe de s'arrêter. « Victoria, déclara-t-il, vous m'aviez dit la vérité, je n'aurais jamais dû espérer, car c'était impossible, n'est-ce pas ? » « Oui, répliqua-t-elle ; dans ce cas, que me voulez-vous ? » Il fit encore un pas ; seul le muret les séparait maintenant. « Ce que je veux ? Rester ici une minute. Pour la dernière fois. Je veux rester aussi près que possible de vous. Voilà, maintenant, je ne suis pas loin. » Elle se tut. La minute s'écoula. « Bonne nuit », dit-il en se découvrant et en balayant encore une fois le sol avec son chapeau. « Bonne nuit », répondit-elle. Il s'éloigna sans se retourner…

La mort. En quoi le concernait-elle ? Il froissa le papier et le lança dans la cheminée où il alla rejoindre d'autres feuillets, fruits eux aussi de son imagination débordante dont ils étaient l'exutoire. Et il reprit le récit de l'homme qui salua et partit une fois la minute écoulée. La jeune fille habillée de blanc était toujours dans le jardin. Elle ne voulait pas de lui ; très bien. Il était arrivé près du muret derrière lequel elle vivait. Une fois dans sa vie il avait pu l'approcher.

Les semaines et les mois passèrent, et le printemps revint. La neige avait déjà disparu, et du soleil à la lune l'espace retentissait du bruissement des glaces qui fondaient. Les hirondelles étaient de retour et la forêt attenante à la ville devint le théâtre d'une vie bruyante où se retrouvaient toutes sortes d'animaux et d'oiseaux aux langages secrets. Une odeur fraîche et douceâtre montait de la terre.

Le travail de Johannes avait duré tout l'hiver. Inlassablement, jour et nuit, les branches dépouillées des peupliers avaient grincé en frottant le mur de la maison. Avec le printemps, les tempêtes s'étaient éloignées et avaient emporté avec elles le crissement des arbres.

Il ouvrit la fenêtre : bien qu'il ne fût pas encore minuit, la rue était merveilleusement calme et les étoiles brillaient dans le ciel sans nuages. La journée à venir s'annonçait claire et chaude. Au loin, le bruit de la ville se mêlait au murmure céleste.

Un sifflement indiquant le départ du dernier train le fit penser au chant du coq. Durant tout l'hiver ce sifflement avait été pour lui le signal de se mettre au travail.

Il referma la fenêtre et prit place à sa table. Il repoussa les ouvrages qu'il était en train de lire, sortit ses papiers et prit sa plume.

Son livre était pratiquement achevé, hormis le dernier chapitre, par lequel il prendrait congé du lecteur et qu'il voulait semblable au bateau qui s'éloigne.

Il avait déjà en tête la conclusion de son roman :

Un homme grand et fort fait une halte dans une auberge de campagne. Il a la barbe et les cheveux gris et le temps a laissé son empreinte sur ses traits. Malgré cela, on le devine encore jeune. Dehors, le cocher dételle les chevaux fatigués, tout heureux du repas copieusement arrosé que vient de lui offrir son maître. L'homme se dirige vers la réception et, à la vue du nom qu'il inscrit dans le registre, l'aubergiste le salue avec respect. « Qui vit au Château en ce moment ? » s'enquiert l'homme. « Le Capitaine ; il est très riche et Madame se montre très généreuse envers tout le monde. » « Envers tout le monde », répète le client avec un léger sourire, « même envers moi ? ». Puis il va s'asseoir et écrit quelques lignes sur une feuille. C'est un poème grave et doux, aux mots souvent amers. Il le relit et le déchire aussitôt jusqu'à le réduire en confettis ; puis il monte dans sa chambre. Peu après, on frappe à sa porte. Une femme à la démarche majestueuse entre et relève sa voilette : c'est la châtelaine, Mme Victoria. L'homme se lève d'un bond, visiblement nerveux. Puis il se reprend : « Vous venez chez moi ? Il est vrai que vous êtes si généreuse envers tout le monde... » Elle ne répond pas et reste à le regarder debout, le feu au visage. « Que me voulez-vous ? demande-t-il sur le même ton ironique, vous êtes venue me rappeler le passé ? Dans ce cas, chère madame, sachez que ce sera la dernière fois car je pars à jamais. » La jeune châtelaine demeure muette, mais ses lèvres tremblent. « Il ne vous suffit pas de m'avoir entendu une fois reconnaître ma vanité ? poursuit-il. Eh bien, je vais me répéter : je tenais à vous, mais je n'en étais pas digne. Vous êtes satisfaite ? » D'une voix qui trahit sa colère croissante, il continue : « Vous m'avez dit non, vous en avez préféré un autre. Je n'étais qu'un pauvre paysan, un ours, un barbare qui s'était égaré dans sa jeunesse sur le terrain de chasse réservé aux rois. » À bout de forces, il se laisse tomber sur une chaise. « Pardonnez-moi, je vous en supplie ! Et allez-vous-en. »

La châtelaine a recouvré tout son calme. « Je vous aime, dit-elle d'une voix posée, comprenez-moi bien, c'est vous que j'aime. Au revoir. » Elle se cache le visage dans ses mains et sort précipitamment...

Johannes posa sa plume et s'appuya au dossier de sa chaise. La vue de tous ces papiers noircis, fruit de neuf mois de travail, l'emplit d'un sentiment de chaude satisfaction. Il avait enfin terminé son livre. Et tandis qu'il regardait vers la fenêtre à travers laquelle le jour commençait à poindre, les pensées continuaient à foisonner dans sa tête :

Assez mystérieusement, il se trouvait maintenant dans une vallée déserte. Au loin, un orgue abandonné jouait de la musique. Il s'en approcha pour l'examiner et vit que l'instrument saignait : un filet de sang s'échappait de l'un de ses flancs, sans qu'il s'arrêtât pour autant de jouer. Il reprit sa marche et déboucha sur la place d'un marché. Ici aussi, tout était désert : pas un arbre, pas un bruit. Cependant, on pouvait encore distinguer des empreintes de pas sur le sable et percevoir vaguement dans l'air l'écho des dernières paroles prononcées. L'endroit avait été abandonné depuis peu. Une étrange sensation s'empara de lui : ces mots en suspens au-dessus de la place le troublaient et l'angoissaient car ils semblaient s'approcher, menaçants. Il essayait bien de les chasser, mais ils revenaient. Ce n'étaient pas des mots... c'étaient des vieillards, un groupe de vieillards en train de danser. Pourquoi dansaient-ils, et surtout, pourquoi leur danse était-elle aussi désespérée ? Tout cela avait quelque chose de terrifiant, d'autant plus qu'ils ne paraissaient pas se soucier de sa présence. C'est alors qu'il réalisa qu'ils étaient aveugles. Il tenta de leur parler, mais ils ne purent l'entendre :

ils étaient morts... Il partit sur-le-champ, vers l'est, sur la route du soleil, et arriva près d'une montagne. Une voix retentit : « Es-tu près d'une montagne ? » « Oui. » « Cette montagne est mon pied, et je suis enchaîné au pays du bout du monde. Viens vite me libérer ! » Il obéit. Près d'un pont, un homme de musc l'arrêta : c'était un collectionneur d'ombres à l'affût. Son sang se glaça. Il lui cracha dessus et le menaça du poing. En vain. L'autre l'attendait, imperturbable. « Va-t'en », cria une voix derrière lui. Il se retourna et vit une tête d'homme rouler sur le chemin, lui indiquant ainsi le chemin à prendre. De temps à autre, un rire bref et étouffé s'en échappait. Il la suivit, des jours et des nuits durant, et arriva finalement au bord d'une mer où il plongea pendant que la tête allait s'enterrer. Il se retrouva devant une porte gigantesque où un poisson à crinière aboyait comme un chien. Alors, il aperçut Victoria, nue, qui le regardait en riant, les cheveux soulevés par le vent. Il lui tendit les bras en criant... et se réveilla.

Johannes se leva et alla à la fenêtre. Le jour était presque levé et dans le petit miroir près de la fenêtre, il vit que ses tempes étaient écarlates. Il éteignit la lampe et relut la dernière page de son livre à la lumière grise du petit matin. Puis il se coucha.

L'après-midi, il régla sa chambre, remit son manuscrit à l'éditeur, et quitta la ville. Il partait pour l'étranger. Personne ne savait où.

Sa grande œuvre était parue, petit royaume murmurant de sentiments, de voix et de mirages. Les gens l'achetaient, la lisaient et la rangeaient. Les mois passèrent. À l'automne suivant, Johannes publia un nouvel ouvrage. Que lui arrivait-il ? Son nom était soudain sur toutes les lèvres : la chance l'avait pris sous son aile protectrice. Ce nouveau livre, rédigé loin des événements de chez lui, était calme et fort comme le vin :

« Cher lecteur, voici l'histoire de Didrik et d'Iselin, écrite au temps heureux des petites peines faciles à surmonter, le récit fidèle de l'aventure de Didrik, que Dieu fit terrasser par l'Amour. »

Johannes était à l'étranger, mais personne ne savait où. Et plus d'une année s'écoula avant qu'on ne l'apprît.

– J'ai l'impression qu'on a frappé à la porte, dit un soir le vieux meunier.

Sa femme prêta l'oreille.

– Non, après tout, ce n'était rien, reprit-il après quelques instants ; il est dix heures et il fait presque nuit.

Les minutes passèrent.

Alors on frappa plus fort, comme si le visiteur s'était enfin décidé. Le meunier ouvrit et aperçut la fille du châtelain.

– N'ayez pas peur, ce n'est que moi, dit-elle avec un sourire craintif. Elle entra et on lui offrit une chaise qu'elle refusa. Elle ne portait qu'un châle sur la tête et n'était chaussée que de petits souliers bas, bien que le printemps fût encore loin et le chemin boueux.

– Je suis juste venue vous prévenir que le lieutenant viendra au printemps, dit-elle. Le lieutenant, mon fiancé.

Il voudra peut-être chasser la bécasse par ici et je viens vous en avertir pour que vous ne soyez pas effrayés.

Le meunier et sa femme la regardèrent, surpris. Jamais auparavant on ne les avait prévenus lorsque les invités du Château allaient à la chasse dans la forêt ou dans les champs. Ils la remercièrent humblement. C'était vraiment trop aimable.

Victoria se dirigea vers la porte.

– C'est tout. J'ai pensé que vous étiez âgés et qu'il fallait vous en aviser.

– Comme c'est gentil d'y avoir pensé, répondit le meunier. Et voilà que mademoiselle s'est mouillé les pieds dans ses petits souliers.

– Non, la route est sèche, dit-elle pour couper court. De toute façon, c'était sur mon chemin. Bonne nuit.

– Bonne nuit.

Elle tourna la poignée de la porte et sortit. Sur le seuil, elle se retourna et demanda :

– Au fait, vous avez des nouvelles de Johannes ?

– Non, rien. Merci de nous le demander.

– Il va sans doute bientôt rentrer. Je pensais que vous aviez de ses nouvelles.

– Non, pas depuis le printemps. Johannes est à l'étranger, paraît-il.

– À l'étranger, oui. Il doit bien se porter. Il écrit lui-même dans un livre qu'il vit « le temps heureux des petites peines ». C'est donc qu'il va bien.

– Ah, ça, Dieu seul le sait ! Nous l'attendons, mais il ne nous écrit pas. Ni à personne, d'ailleurs. Nous l'attendons, simplement.

– Sans doute se porte-t-il mieux là où il est, si ses peines sont petites. Après tout, cela le regarde. Je voulais seulement savoir s'il comptait rentrer au printemps. Bonne nuit.

– Bonne nuit.

Le meunier et sa femme l'accompagnèrent dehors, et la regardèrent se diriger vers le Château, la tête haute, avançant avec difficulté sur le sol détrempé.

Quelques jours plus tard, une lettre de Johannes arriva. Il allait revenir dans un mois à peu près, car son nouveau livre était terminé. La vie lui avait souri durant tout ce temps, et un autre ouvrage serait bientôt à terme. Une foule d'idées fourmillait dans sa tête… Le meunier se rendit immédiatement au Château. Chemin faisant, il trouva un mouchoir aux initiales de Victoria, qu'elle avait dû perdre le soir de sa venue.

Mademoiselle était en haut, mais une femme de chambre proposa de lui porter un message. De quoi s'agissait-il ? Le meunier refusa. Il préférait attendre.

Après quelques minutes, Victoria apparut.

– J'apprends que vous désirez me parler ? dit-elle en ouvrant la porte du salon.

Le meunier entra et lui rendit le mouchoir.

– Et puis nous avons reçu une lettre de Johannes, déclara-t-il.

Une vive émotion se peignit fugitivement sur le visage de Victoria.

– Merci bien. Oui, ce mouchoir m'appartient, répondit-elle.

– Il va bientôt rentrer, poursuivit le meunier, à voix basse.

Elle se renfrogna.

– Parlez plus haut, meunier, qui vient ?

– Johannes.

– Johannes ? Et après ?

– Eh bien, c'est-à-dire… Nous avions cru qu'il fallait vous en informer. Ma femme et moi en avons parlé, et nous étions du même avis. Avant-hier, vous nous avez demandé s'il comptait revenir au printemps. Et maintenant, nous le savons.

– Vous êtes contents, sans doute ? Quand arrive-t-il ?

– Dans un mois.

– Parfait. Vous ne vouliez rien d'autre ?

– Non. Nous croyions seulement que, puisque vous nous avez posé la question… Non, c'est tout.

Le meunier avait de nouveau baissé la voix.

Elle le raccompagna. Dans le couloir, ils rencontrèrent son père et elle lui dit en passant, à voix haute et d'un ton indifférent :

– Le meunier raconte que Johannes sera bientôt là. Tu te rappelles Johannes ?

Le meunier sortit du Château en se jurant de ne plus jamais se laisser convaincre par sa femme lorsqu'elle prétendrait comprendre le secret des choses.

Et il allait de ce pas le lui faire savoir.

Une fois, il avait eu envie de couper le fin alisier près du barrage pour en faire une canne à pêche ; plusieurs années s'étaient écoulées depuis et l'arbre était devenu plus épais que son bras. Il le regarda avec étonnement avant de poursuivre sa promenade.

Le long de la rivière poussait un impénétrable taillis de fougères, une véritable petite forêt au sol parcourue par d'innombrables bêtes dont les traces étaient cachées par la voûte de feuillage. Il se fraya un chemin au milieu des arbustes comme lorsqu'il était enfant, nageant littéralement avec les bras et tâtant le sol du pied. Insectes et petits animaux s'enfuyaient à l'approche de cet homme gigantesque.

Près de la carrière, il trouva des prunelliers, des anémones blanches et des violettes. Il en cueillit quelques-unes. Leur parfum familier lui rappela le bon vieux temps. Au loin, les collines du village voisin se teintaient de bleu, et de l'autre côté de la baie, le coucou commençait à chanter.

Il s'assit ; peu après, il se mit à fredonner. Alors il entendit des pas en provenance du chemin.

Le soir commençait à tomber, le soleil était déjà couché, mais sa chaleur était restée comme suspendue dans l'air. Un silence infini régnait sur les forêts, les collines et la baie. Une femme montait vers la carrière. C'était Victoria, un panier sous le bras.

Johannes se leva, la salua et fit mine de s'éloigner.

– Je ne voudrais pas vous déranger, dit-elle. Je viens juste cueillir quelques fleurs.

Il ne répondit pas. Sur le moment, il ne lui vint pas à l'idée qu'elle avait dans son jardin toutes les fleurs imaginables.

– J'ai pris un panier pour les fleurs, poursuivit-elle, mais je n'en trouverai peut-être pas. C'est pour la réception, pour décorer la table. Nous allons donner une fête.

– Il y a ici des anémones blanches et des violettes, dit-il. Plus haut, on trouve souvent du houblon. Mais c'est peut-être encore trop tôt.

– Vous êtes plus pâle que la dernière fois, remarqua-t-elle. Il y a plus de deux ans, déjà. Vous avez été absent, à ce qu'il paraît. J'ai lu vos livres.

Il ne répondit rien et pensa qu'il pourrait mettre un terme à cette situation en disant : « Eh bien, bonsoir, mademoiselle », avant de s'en aller. De l'endroit où il se trouvait, il n'y avait qu'un pas jusqu'à la prochaine pierre, et de là un autre jusqu'à elle, après quoi il pourrait se retirer de manière très naturelle. Elle était devant lui, surprenante de beauté avec sa robe jaune et son chapeau rouge. Sa gorge était nue.

– Je vous barre le passage, murmura-t-il en descendant d'un pas. Il faisait de grands efforts pour ne pas laisser paraître son trouble.

Seuls quelques centimètres les séparaient à présent, mais elle resta au même endroit sans faire mine de bouger. Lorsqu'ils échangèrent un long regard, elle devint toute rouge et baissa les yeux, puis se déplaça légèrement. En même temps, le désarroi se peignit sur son visage, malgré son sourire.

Il passa à côté d'elle et s'arrêta, frappé par la tristesse de son expression. Son cœur s'envola vers elle et il dit au hasard :

– J'imagine que vous êtes allée souvent en ville depuis la dernière fois ? Depuis que… ? Tiens, maintenant je me rappelle qu'il y avait autrefois des fleurs sur la colline, près de votre mât.

Elle se tourna vers lui et il vit avec étonnement que son visage était blême.

– Voudriez-vous venir chez nous à l'occasion de cette réception ? proposa-t-elle. Je veux dire, est-ce que vous aimeriez venir à cette soirée ? Ce sera une grande soirée. Il y aura des gens de la ville. Elle aura lieu bientôt, mais je vous donnerai toutes les précisions en temps utile. Qu'en dites-vous ?

Il ne répondit pas. Cette réception ne serait pas pour lui, il n'était pas de ce monde-là.

– Il ne faut pas refuser. Vous ne vous ennuierez pas, j'y ai pensé et j'ai une surprise pour vous.

– Vous ne pourrez plus me surprendre, fit-il après un silence.

Elle se mordit les lèvres et le sourire désespéré apparut de nouveau sur son visage.

– Que me voulez-vous ? demanda-t-elle d'une voix blanche.

– Rien, mademoiselle. J'étais assis là sur une pierre ; et je peux m'en aller...

– Écoutez, toute la journée, j'ai tourné en rond à la maison, avant de venir ici. J'aurais pu monter le long de la rivière, prendre un autre chemin, rien ne m'obligeait à venir par ici...

– Chère mademoiselle, l'endroit vous appartient.

– Je vous ai fait du mal une fois, Johannes, j'aimerais réparer mes torts. J'ai vraiment une surprise qui, je crois... c'est-à-dire j'espère qu'elle vous fera plaisir. Je ne peux rien vous dire d'autre. Mais je vous demande d'accepter mon invitation.

– Si cela peut vous être d'un quelconque agrément, je viendrai.

– Vous acceptez ?

– Oui, merci de votre gentillesse.

Une fois dans la forêt, il se retourna et regarda en arrière. Elle s'était assise, son panier à côté d'elle. Il ne rentra pas à la maison, mais continua d'errer sur le chemin. Mille pensées le tourmentaient. Une surprise ? C'est ce qu'elle avait dit à l'instant, et sa voix avait tremblé. Une joie chaude, nerveuse, monta en lui, faisant battre sauvagement son cœur ; il avait le sentiment de marcher dans les airs au-dessus de la route. Était-ce un hasard si elle était habillée de jaune aujourd'hui encore ? Il avait observé le doigt où une fois il avait vu la bague. Elle n'y était plus.

Une heure s'écoula. Les parfums de la forêt et des champs l'enivraient, pénétrant dans ses poumons, dans son cœur.

Il s'assit, s'étendit, et se croisa les mains derrière la nuque. Un long moment il écouta le cri du coucou, de l'autre côté de la baie. Un chant d'oiseaux passionné emplissait l'air tout autour de lui.

Que de bonheur encore une fois ! Lorsqu'elle était montée vers lui à la carrière, elle ressemblait, avec sa robe jaune et son chapeau rouge vif, à un papillon butinant d'une pierre à l'autre puis se posant enfin devant lui.

« Je ne voudrais pas vous déranger », avait-elle déclaré en souriant et son sourire avait illuminé son visage. Elle semait des étoiles autour d'elle. De nouvelles petites veines bleues étaient apparues sur son cou et quelques taches de rousseur rehaussaient son teint. Elle avait vingt ans.

Une surprise ? Quelle était son intention ? Voulait-elle lui montrer ses livres pour lui faire plaisir et lui prouver qu'elle les avait achetés et en avait coupé les pages ? « Je vous en prie, acceptez cette toute petite parcelle d'attention, cette minuscule consolation. Ne refusez pas mon humble offrande. »

Il se leva, très agité, et resta debout. Victoria revenait, son panier vide.

– Vous n'avez pas trouvé de fleurs ? demanda-t-il d'un air absent.

– Non. J'y ai renoncé. En fait, je n'en ai pas cherché, je suis restée à réfléchir.

– Pendant que j'y pense, reprit-il, ne croyez surtout pas que vous m'ayez fait de la peine. Vous n'avez absolument rien à réparer par quelque consolation que ce soit.

– Ah, dit-elle, prise de court. Elle l'observa un instant, songeuse. Je croyais qu'une fois... Je ne voulais pas que vous m'en vouliez pour ce qui est arrivé...

– Je ne vous en veux pas.

Elle médita encore un moment, puis releva la tête.

– Parfait. J'aurais dû m'en douter. Je n'ai pas produit grande impression sur vous. N'en parlons plus.

– C'est bien mieux ainsi. Mes sentiments vous indiffèrent toujours autant.

– Au revoir, dit-elle.

– Au revoir.

Ils prirent chacun une direction opposée. Il s'arrêta et fit demi-tour. Elle s'en allait, là-bas. Il tendit ses mains vers elle et murmura pour lui-même des mots tendres : « Je ne vous en veux pas, non, non ; je vous aime encore, je vous aime... »

– Victoria ! cria-t-il.

Elle tressaillit en l'entendant et se retourna, mais poursuivit sa route.

Quelques jours passèrent. Johannes était tourmenté ; il ne travaillait plus, ne dormait plus et passait la majeure partie de son temps dans la forêt. Un jour, il escalada la colline plantée de pins où se trouvait le mât du Château. Le drapeau flottait. Un autre drapeau en haut de la tourelle.

Une étrange émotion s'empara de lui. Au Château, on attendait les invités de la fête. L'après-midi était calme et chaud. La rivière traversait le paysage comme une artère. Un vapeur glissait vers le port, laissant derrière lui un éventail de traînées blanches. Au même instant, quatre voitures sortirent de la cour du Château et prirent la direction des quais.

Le bateau amarré, des hommes et des femmes en descendirent, et prirent place dans les fiacres. On entendit des salves en provenance du Château ; deux hommes tiraient en l'air avec leurs fusils de chasse du haut de la tourelle. Lorsque vingt et un coups eurent retenti, les voitures pénétrèrent dans la propriété.

Très bien. On donnait une réception au Château et les hôtes étaient accueillis avec salves et drapeaux. Dans les voitures se trouvaient quelques militaires et Otto, le lieutenant, était peut-être parmi eux.

Johannes descendit de la colline et se dirigea vers la maison. Il fut arrêté par un émissaire de Victoria qui lui remit une lettre avec consigne d'attendre la réponse.

Johannes lut le message le cœur battant. Victoria le conviait malgré tout à la réception. Elle lui écrivait en termes aimables pour le prier d'accepter l'invitation. « Répondez », le priait-elle.

Une joie sauvage le saisit et le sang lui monta à la tête. Il répondit qu'il viendrait avec grand plaisir.

– Tenez, dit-il en donnant un pourboire exagérément important à l'homme avant de se hâter d'aller s'habiller.

Pour la première fois de sa vie, il pénétra dans le Château et monta l'escalier conduisant au premier étage. De l'intérieur lui parvenait l'écho de nombreuses conversations. Son cœur battait très fort lorsqu'il frappa et entra dans la grande pièce.

L'hôtesse, une femme encore jeune, vint à lui, et lui serra cordialement la main. Elle était ravie de le voir, elle se rappelait parfaitement le temps où il n'était pas plus haut que ça, et voilà qu'il était un homme, déjà... Elle semblait vouloir en dire davantage, et garda longuement sa main dans la sienne en le dévisageant.

Son mari la rejoignit et à son tour serra la main de Johannes. Comme sa femme venait de le dire, il était devenu un homme, un grand homme, et à plus d'un titre. Un homme connu. « Très heureux... »

On le présenta à ces dames et à ces messieurs, au chambellan du Roi qui arborait toutes ses décorations, à un propriétaire terrien du village voisin, et à Otto, le lieutenant.

Il ne vit pas Victoria.

Elle parut enfin, pâle et mal à l'aise, tenant une jeune fille par la main. Toutes deux firent le tour de la salle en saluant et échangeant quelques mots avec chacun. Elles s'arrêtèrent devant Johannes. Victoria lui sourit et dit :

– Regarde, voici Camilla ; n'est-ce pas une surprise ? Vous vous connaissez bien, je crois.

Elle demeura un instant à les observer, puis quitta la pièce.

Johannes resta cloué sur place de stupéfaction. C'était donc ça, sa surprise ; Victoria lui avait trouvé une remplaçante. « Mais voyons, vous êtes faits l'un pour l'autre. C'est le printemps, le soleil brille : ouvrez les fenêtres si cela vous chante, car le jardin est parfumé et les étourneaux se poursuivent dans les bouleaux. Pourquoi ne vous parlez-vous pas ? Allez, riez donc un peu ! »

Camilla interrompit ses pensées.

– Oui, nous nous connaissons, dit-elle avec naturel. C'est ici qu'une fois vous m'avez sauvé la vie...

Elle était jeune, blonde, gaie, et vêtue de rose ; elle avait dix-sept ans. Johannes serra les dents et s'efforça de plaisanter. Petit à petit, elle lui transmit sa bonne humeur et ils bavardèrent un long moment. Le cœur de Johannes cessa de battre la chamade. Elle avait gardé de son enfance la charmante habitude d'incliner la tête lorsqu'elle écoutait. Il la retrouvait sans surprise, telle qu'en elle-même.

Victoria revint, prit le bras du lieutenant et l'entraîna.

–Vous connaissez Otto, mon fiancé ? demanda-t-elle à Johannes. Vous vous souvenez de lui, je pense.

Les jeunes gens se souvenaient l'un de l'autre en effet. Ils échangèrent les mots d'usage, firent les courbettes habituelles, puis le militaire prit congé. Johannes et Victoria se retrouvèrent seuls.

– C'était ça, ma surprise ? demanda-t-il.

– Oui, répondit-elle d'un ton gêné, légèrement impatient. J'ai fait de mon mieux, je ne savais que faire pour vous. Ne soyez pas insensé, et remerciez-moi. J'ai bien vu que cela vous a fait plaisir.

– Je vous remercie dans ce cas. Oui, cela m'a fait plaisir de revoir Camilla.

Un sentiment de profond désespoir s'abattit sur lui et son visage devint livide. Si jamais elle lui avait fait de la peine, voilà que tout était effacé, réparé. Il lui en était sincèrement reconnaissant.

– Je vois que vous portez votre bague ce soir, ajouta-t-il, d'une voix blanche. Ne l'enlevez plus, je vous prie.

– Non, je ne compte plus l'enlever, approuva-t-elle après un silence.

Ils se regardèrent dans les yeux. Ses lèvres tremblaient lorsqu'il tourna la tête en direction du lieutenant et déclara d'un ton rauque et effronté :

– Vous avez du goût, Victoria. C'est un bel homme. Ses épaulettes lui donnent presque des épaules.

– Il n'est pas beau, mais il est bien élevé. Cela compte aussi, rétorqua-t-elle très calmement.

– Au temps pour moi ! Merci, dit-il en riant avant d'ajouter sans vergogne :

– Et puis il a de l'argent ; cela compte peut-être encore davantage.

Elle s'éloigna sur-le-champ sans répliquer.

Il se traîna d'un mur à l'autre comme une âme en peine.

Camilla lui demanda quelque chose, mais il ne l'entendit pas. Elle dut répéter sa question et lui toucha même le bras, sans plus de résultat.

– Voilà qu'il réfléchit, commenta-t-elle gaiement. Il réfléchit, il réfléchit !

Victoria l'entendit.

– Il veut rester seul. Moi aussi, il m'a chassée. Puis elle s'approcha de lui et lui dit très fort :

– Vous pensez sans doute à l'excuse que vous allez pouvoir me présenter. Ne vous en souciez pas. Je dois moi-même vous demander pardon de vous avoir envoyé l'invitation avec beaucoup de retard. C'était une faute d'étourderie de ma part. Je vous ai oublié jusqu'au dernier moment, je vous ai presque totalement oublié, d'ailleurs. Mais j'espère que vous allez pouvoir me pardonner, j'avais tellement de choses en tête…

Il la fixa du regard, hébété. Camilla les suivait des yeux, l'un après l'autre, et paraissait ne rien comprendre à la situation. Victoria se tenait devant eux, le visage froid et pâle, empreint de satisfaction. Elle était vengée.

– Voilà bien nos chevaliers servants ! lança-t-elle à Camilla. Il ne faut pas s'attendre à trop d'attention de leur part. Là-bas, mon fiancé discute de chasse à l'élan, et ici le poète réfléchit… Dis quelque chose, poète !

Il sursauta et les veines de ses tempes saillirent.

– D'accord. Vous voulez que je dise quelque chose ? D'accord.

– Oh ! non. Ne vous fatiguez surtout pas.

Elle fit mine de s'en aller.

– Pour aller droit au but, commença-t-il lentement d'une voix tremblante, mais le sourire aux lèvres, pour aller droit au but : avez-vous récemment été amoureuse, Victoria ?

Durant quelques secondes, le silence s'installa entre eux ; ils pouvaient tous trois entendre battre leurs cœurs.

– Évidemment Victoria est amoureuse de son fiancé, répondit Camilla d'une voix inquiète. Elle vient de se fiancer, vous ne le saviez pas ?

On ouvrit les portes de la salle à manger.

Johannes trouva sa place et resta debout derrière sa chaise. Il était assommé par le brouhaha, et la table avec ses convives dansait devant ses yeux.

– Je vous en prie, voici votre place, lui dit l'hôtesse. Que tout le monde s'asseye, s'il vous plaît.

– Pardon ! intervint tout à coup Victoria derrière lui.

Il fit un pas de côté.

Elle prit son carton et le déplaça sept chaises plus loin, à côté d'un vieil homme, ancien précepteur au Château et qui avait la triste réputation de boire. Puis elle alla s'asseoir.

Johannes l'avait regardée sans faire un geste. La châtelaine, troublée, feignit de s'affairer de l'autre côté de la table et évita soigneusement son regard.

Plus décontenancé que jamais, Johannes se dirigea vers sa nouvelle place. Celle qu'il aurait initialement dû occuper fut prise par un ami de Ditlef, un jeune homme dont la chemise était parée de boutons de diamants. À sa gauche, il avait Victoria, à sa droite, Camilla.

Le dîner commença.

Le vieux précepteur se rappelait fort bien Johannes et les deux hommes commencèrent à bavarder. Il raconta que lui aussi avait écrit des poèmes dans son jeune temps et qu'il en avait conservé les manuscrits. À l'occasion, il les lui ferait lire. Il avait été invité à cette fête pour participer à la joie des fiançailles de Victoria. Ses hôtes lui avaient fait cette surprise en souvenir de leur vieille amitié.

– Je n'ai rien lu de vous, continua-t-il. Quand j'ai envie de lire, je lis mes propres œuvres ; j'ai un tiroir rempli de poèmes et de contes qui seront publiés après ma mort ; je veux que les gens sachent qui j'étais. Que voulez-vous, nous autres, les vieux, hésitons davantage à confier nos œuvres à l'imprimeur. À votre santé !

Le repas se poursuivait. Le châtelain frappa légèrement sur son verre pour attirer l'attention et se leva. Son visage maigre et distingué était empreint d'émotion et de bonheur. Johannes baissa la tête. Son verre était vide et personne ne se souciait de le lui remplir. Il s'en chargea lui-même puis baissa à nouveau la tête.

Le moment fatal était arrivé.

Le long discours fut accueilli par une explosion de joie : les fiançailles étaient officielles. Des vœux de bonheur pour la fille du châtelain et le fils du chambellan fusèrent de chaque coin de la table.

Johannes vida son verre.

Quelques minutes plus tard, son émotion était dissipée et son calme revenu ; le champagne lui réchauffait doucement les veines. Il nota que le chambellan faisait à son tour un discours et que l'on criait à nouveau « hourra » et « bravo » en trinquant. Il jeta un rapide coup d'œil en direction de Victoria : elle gardait la tête baissée, pâle et visiblement gênée. Camilla, en revanche, lui adressa un sourire qu'il lui rendit.

À côté de lui, le précepteur continuait de pérorer.

– C'est merveilleux, l'union de deux jeunes gens qui s'aiment. Cela n'a pas été mon cas. J'étais un jeune étudiant avec un brillant avenir devant moi, et pas mal d'intelligence ; mon père portait un nom ancien, très respectable, il possédait une grande maison, de la fortune et beaucoup, beaucoup de bateaux. Je ne vous mentirais pas en disant que mon avenir s'annonçait *très* brillant. Elle était jeune aussi, et de très bonne famille. J'arrive chez elle et je lui fais part de mes sentiments. « Non », répond-elle. Vous comprenez ça ? Non, elle ne voulait pas ! Je fis ce qui était en mon pouvoir, travaillai et pris la chose en homme. Puis survint la disgrâce de mon père : naufrages, dettes, bref, la faillite. Que pouvais-je faire ? Encore une fois, je pris la chose en homme. Et voilà que la jeune fille en question redonne signe de vie. Elle vient me trouver en ville. Que me voulait-elle ? me demanderez-vous. J'étais pauvre, j'avais tout juste un petit poste d'instituteur pour vivre, tous mes beaux projets s'étaient évanouis et mes poèmes étaient rangés dans un tiroir – et la voilà qui arrive ; elle voulait bien de moi !

Le précepteur regarda Johannes avant de demander :

– Vous comprenez cela ?

– Et alors, c'est vous qui n'avez plus voulu d'elle ?

– Dites-moi si je le *pouvais* ! Un poste d'instituteur ! J'étais sans le sou, misérable, du tabac pour la pipe seulement le dimanche ! Que voulez-vous ? Je n'avais pas le cœur de lui offrir cela. Mais je vous le demande : est-ce que vous la comprenez ?

– Et que devint-elle ?

– Ah, vous ne répondez pas à ma question... Elle se maria avec un capitaine l'année d'après. Un capitaine d'artillerie. À votre santé !

– On dit de certaines femmes qu'elles ont besoin d'éprouver de la pitié. Si l'homme réussit, elles le haïssent et se sentent de trop ; s'il ne réussit pas et courbe l'échine, elles le prennent de haut et le protègent.

– Mais pourquoi n'a-t-elle pas voulu de moi aux jours heureux ? J'avais un avenir de petit dieu !

– Peut-être voulait-elle vous voir mordre la poussière. Dieu seul le sait...

– Mais je n'ai jamais courbé l'échine. Jamais. J'ai toujours gardé ma dignité, et je l'ai donc renvoyée. Qu'en dites-vous ?

Johannes ne répondit pas.

– Après tout, vous avez peut-être raison, reprit le vieux précepteur. Pardieu, vous avez raison ! s'exclama-t-il, soudain enjoué, en buvant à nouveau. Finalement, elle prit un vieux capitaine : elle le soigna, lui coupa la nourriture dans son assiette et porta la culotte. Un capitaine d'artillerie !

Johannes redressa la tête. Victoria le regardait, son verre levé. Violemment troublé, il l'imita. Sa main tremblait.

Alors, elle s'adressa tout haut à son ancien précepteur, assis à côté de lui, et se mit à rire. Johannes, humilié, désespéré, posa son verre et sourit amèrement, les yeux dans le vague. Tout le monde avait remarqué sa méprise. Son voisin de table, lui, était ému jusqu'aux larmes par la charmante attention de son ancienne élève. Il se dépêcha de vider son verre.

– Me voici donc, reprit-il à l'adresse de Johannes, vieux, seul, inconnu, et traînant la patte. C'est mon destin. Personne ne sait ce qui est en moi ; mais personne non plus ne m'a entendu geindre. Dites-moi, vous connaissez la tourterelle ? C'est bien elle, cette grande sentimentale, qui trouble l'eau claire de la source avant de la boire, non ?

– Je l'ignore.

– Ah ? De toute façon, je suis sûr que c'est elle. Et moi, j'en fais autant. Je n'ai pas eu celle que j'aurais dû avoir, mais je ne manque pas de joies pour autant. Seulement, je les trouble d'avance. Toujours. Comme cela, la déception ne pourra pas me tomber dessus par la suite... Regardez Victoria, là-bas. Elle vient de trinquer avec moi. J'ai été son précepteur, et maintenant elle va se marier. J'en suis heureux pour elle, j'en ressens un bonheur personnel, comme s'il s'agissait de ma propre fille. Peut-être serai-je un jour précepteur de ses enfants ? Oui, au fond, la vie nous réserve toujours d'agréables surprises. Mais ce que vous avez dit sur les femmes et leur besoin d'éprouver de la pitié, plus j'y pense, et plus je trouve que vous avez raison. Pardieu, vous avez parfaitement raison... Excusez-moi un instant.

Il se leva, prit son verre et se dirigea vers Victoria d'un pas mal assuré.

Parmi les nombreux toasts, il y en eut un du lieutenant, et un du gros propriétaire terrien du village voisin en l'honneur de la maîtresse de maison.

Puis ce fut le tour du monsieur à la chemise ornée de diamants qui se leva et nomma Johannes, en précisant qu'il avait reçu la permission de saluer le jeune poète au nom de la jeunesse ici présente. Son discours exprimait en termes fort aimables la gratitude et l'admiration des garçons de sa génération.

Johannes n'en croyait pas ses oreilles. Il murmura à son voisin :

– C'est de moi qu'il parle ?

– Oui, il m'a devancé. J'aurais aimé le faire moi-même ; Victoria m'en avait déjà prié cet après-midi.

– *Qui* vous en avait prié, dites-vous ?

Le précepteur le fixa droit dans les yeux.

– Personne.

Tous les regards étaient tournés vers Johannes : l'hôte lui fit un signe de la tête et la femme du chambellan chaussa son pince-nez avant de l'observer à son tour. À la fin du discours, tous les convives burent à sa santé.

– Il faut répondre et remercier, lui souffla le précepteur. Cela dit, cette tâche aurait dû incomber à quelqu'un de plus mûr et je ne suis absolument pas d'accord avec ce qu'il a dit. Absolument pas.

Johannes regarda de nouveau en direction de Victoria.

Pourquoi avait-elle incité ce jeune homme à faire son éloge ? Et pourquoi avait-elle auparavant entrepris le vieux précepteur ?

Pour l'heure, elle gardait la tête baissée et son expression était indéchiffrable.

Soudain, une vive émotion embua les yeux de Johannes et il se serait volontiers jeté à ses pieds pour la remercier de tout son cœur. Il se promit de le faire plus tard, après le dîner.

Camilla parlait avec tout le monde et son sourire illuminait son visage. Elle était heureuse : ses dix-sept ans ne lui avaient apporté que du bonheur. À plusieurs reprises, elle sourit à Johannes et lui fit signe de se lever.

Il s'exécuta et prononça une courte allocution, d'une voix profonde et émue :

Il avait eu le plaisir de participer à cette fête de famille, dont il n'était pourtant pas membre, et il tenait à en remercier celle qui, la première, avait eu cette charmante idée. Il voulait en même temps remercier celui qui, avec beaucoup de grâce, avait fait son éloge, alors que la seule raison de sa présence ce soir était qu'il fût le fils du voisin…

– Bravo ! s'exclama Victoria, le regard enflammé.

Tous les invités se tournèrent vers elle : ses joues étaient écarlates et sa respiration précipitée. Johannes se tut et un silence gênant s'installa autour de la table.

– Victoria ! dit son père, ébahi.

– Continuez ! reprit-elle. C'est peut-être la dernière fois que vous entrez ici, mais continuez !

Peu à peu, ses yeux retrouvèrent leur expression normale et elle commença à secouer la tête, désorientée, un étrange sourire aux lèvres. Puis elle s'adressa à son père :

– Je voulais simplement exagérer un peu. Il est lui-même en train d'exagérer. Mais je n'avais pas l'intention de déranger…

Johannes entendit cette explication et y trouva une sortie ; son cœur battait si fort que tout le monde devait l'entendre. Il vit la mère de Victoria regarder sa fille les larmes aux yeux, avec une infinie compréhension.

Oui, il avait exagéré, avoua-t-il ; Mlle Victoria avait eu raison de le lui rappeler. Elle avait voulu dire par là qu'il n'était pas uniquement le fils du voisin, mais aussi l'ancien camarade de jeux des enfants du Château. En vérité, c'était à ce titre qu'il était présent ce soir. Il se sentait chez lui au Château et les forêts du domaine avaient constitué un jour tout son univers, un monde de mystères et d'aventures. Pendant ces mêmes années, il avait souvent reçu la visite de Ditlef et de Victoria qui venaient l'inviter à participer à leurs jeux et ces moments étaient parmi ses plus beaux souvenirs. Plus tard, en se rappelant ces instants heureux, il avait compris qu'ils avaient eu une importance décisive dans sa vie, une importance que personne ne pouvait comprendre. S'il était vrai – comme on venait de le dire – que ses écrits « étincelaient » parfois, c'était à cette époque que l'étincelle avait pris naissance ; c'était le reflet du bonheur que ses deux camarades de jeux lui avaient procuré. Il était donc légitime d'affirmer qu'ils étaient en partie à l'origine de son talent. À l'ensemble des vœux de bonheur aux fiancés, il désirait ajouter un mot de remerciement personnel aux deux enfants du Château pour ces belles années de l'enfance, avant que le temps ou les événements ne les séparent, pour cette période, gaie, mais trop courte, de l'été...

Son discours, ou plutôt son ébauche de discours, ne l'avait aucunement amusé, mais il ne s'en était pas trop mal tiré, au fond ; la compagnie se remit à boire et à manger, et les conversations reprirent.

– J'ignorais avoir écrit ses livres, tu sais, dit sèchement Ditlef à sa mère.

Elle ne répondit pas à sa remarque et trinqua avec ses enfants :

– Remerciez-le, je vous en prie. Il faut le comprendre, il était si seul étant petit... Que fais-tu, Victoria ?

– Je veux lui faire porter cette branche de lilas par la femme de chambre. Pour le remercier. Je peux ?

– Non, coupa le lieutenant.

Après le dîner, les invités s'égaillèrent dans les salons, sur la grande terrasse et dans le jardin. Johannes chercha refuge au rez-de-chaussée et se retrouva dans le jardin d'hiver. Il y rencontra le propriétaire terrien et un autre homme en train de fumer. Ils parlaient à mi-voix de la fortune du châtelain. Sa propriété était mal entretenue, les broussailles poussaient un peu partout, les clôtures s'affaissaient, et la forêt était bien déboisée ; d'après les bruits qui couraient, il lui serait difficile de régler la police d'assurance, fort élevée, sur ses maisons et sur le mobilier.

– Il est assuré pour combien ?

Le propriétaire terrien cita un chiffre faramineux.

De plus, on n'avait jamais fait d'économies au Château et les dépenses y étaient toujours considérables. Que n'avait pas coûté, par exemple, le dîner de ce soir ? À ce qu'on disait, même le fameux coffre à bijoux de Madame se vidait petit à petit ; en fait, ils espéraient régler leurs problèmes d'argent grâce à la fortune du gendre.

– Combien peut-il bien valoir, lui ?

– Son patrimoine est inestimable.

Johannes se leva et descendit au jardin. Un doux parfum de lilas, d'oreilles d'ours et de narcisses se mêlait à celui du jasmin et du muguet. Il se trouva un petit coin près du mur et s'assit sur une pierre, isolé du reste du monde par un buisson. Il était à bout de forces, épuisé par les émotions ; un instant, il pensa se lever et rentrer chez lui, mais, incapable de bouger, il demeura à sa place, amorphe, comme abruti.

Il entendit qu'on parlait dans l'allée : quelqu'un approchait. Il reconnut la voix de Victoria. Il retint sa respiration et attendit, puis identifia l'uniforme du lieutenant à ses galons brillants. Les jeunes fiancés se promenaient.

– … Je ne trouve pas que ce soit très cohérent, disait le lieutenant. Tu l'écoutes parler, tu prends plaisir à l'entendre, puis tu t'enflammes. Qu'est-ce que cela signifie ?

Elle s'arrêta et se planta devant lui, la tête haute.

– Tu veux le savoir ?

– Oui

Elle se tut.

– Cela m'est égal, si c'était sans importance, concéda-t-il. Dans ce cas, tu n'as pas besoin de me le dire.

Elle renonça.

– Oui, c'est sans importance.

Ils firent quelques pas. Le lieutenant secoua ses épaulettes et dit d'une voix forte :

– Il ferait bien de se méfier, sinon la main d'un officier pourrait rapidement lui frotter les oreilles.

Ils se dirigèrent vers la tonnelle.

Johannes resta un temps, qui lui parut infini, sur sa pierre, hébété, chagrin. Tout lui était indifférent à présent. Le lieutenant le soupçonnait de faire la cour à Victoria, et celle-ci s'en expliquait. Elle lui avait dit tout ce qu'il avait souhaité entendre pour satisfaire son cœur d'officier, et s'en était allée à ses côtés. Et les étourneaux chantaient dans les branches au-dessus de leurs têtes. Très bien. Que le Seigneur leur accorde une longue et heureuse vie… Il avait tenu un discours en l'honneur de Victoria et couvert son interruption éhontée, et elle ne l'en avait même pas remercié, bien que ce geste lui eût beaucoup coûté. Elle avait simplement saisi son verre et bu. « À votre santé ! Et regardez comme je bois de manière élégante… »

À ce propos, observez bien une femme de profil lorsqu'elle boit. Offrez-lui à boire dans un verre, dans une tasse, dans n'importe quoi, et regardez-la de profil. Elle fait des manières, c'est horrible ! Elle pointe la bouche, trempe le bout des lèvres dans la boisson et sera hors d'elle si pendant ce temps on prête attention à sa main. Ne regardez jamais la main d'une femme ! Elle ne le supportera pas et s'avouera vaincue. Elle la retirera, la posera d'une façon toujours plus recherchée, tout cela pour dissimuler une ride, un doigt légèrement tordu, ou un ongle imparfait. Pour finir, agacée, elle demandera : « Que regardez-vous ainsi… ? »

Elle l'avait embrassé une fois, un été. Il y avait si longtemps de cela… Mais, au fait, n'étaient-ils pas assis sur un banc ? Ils avaient bavardé longuement et, en marchant, il l'avait approchée jusqu'à toucher son bras. Et devant une porte, elle l'avait embrassé. « Je vous aime », avait-elle dit... Maintenant, ils passaient devant lui, peut-être étaient-ils toujours sous la tonnelle. Le lieutenant voulait le gifler. Il l'avait bien entendu, il ne dormait pas, mais il ne s'était pas levé pour aller à sa rencontre. Une main d'officier, avait-il dit. Parfait, cela l'indifférait. Totalement...

Il se leva et se dirigea vers la tonnelle. Elle était déserte.

Au même moment, Camilla l'appela de la véranda :

– Venez, le café est servi dans le jardin d'hiver.

Il la rejoignit, et voyant que les fiancés étaient là, il prit sa tasse et trouva un siège. Camilla commença à lui faire la conversation. Elle avait le visage clair et le regard franc ; il ne put résister à son charme et se mit à lui répondre en riant. Où était-il allé ? Dans le jardin ? C'était faux, elle l'avait cherché partout, sans le trouver.

– Il était au jardin, Victoria ? demanda-t-elle.

– Non, je ne l'y ai pas vu.

Le lieutenant lui lança un regard torve et voulut lui donner un avertissement en interpellant le propriétaire terrien d'une voix exagérément forte :

– Si j'ai bien compris, vous voulez m'emmener à la chasse à la bécasse sur vos terres ?

– Certes, avec plaisir.

Le lieutenant regarda Victoria dont l'expression, bien qu'impassible, s'assombrit soudain. D'un geste impatient, il commença à caresser sa barbe.

Camilla avait à peine repris son dialogue avec Victoria que le lieutenant se leva d'un bond et dit au propriétaire terrien :

– Très bien, dans ce cas, je viendrai avec vous ce soir même.

Sur ce, il quitta la pièce.

Son interlocuteur l'imita, suivi de quelques autres messieurs, laissant derrière eux un silence embarrassé.

Brusquement, la porte se rouvrit et l'officier fit irruption, très agité :

– Tu as oublié quelque chose ? lui demanda Victoria en se levant.

Il ne répondit pas, mais fit quelques pas sautillants près de la porte, comme s'il ne tenait pas en place, puis fonça droit sur Johannes qu'il heurta comme par hasard en passant, avant de repartir, toujours en sautillant, vers la porte, où il se retourna.

– Prenez garde, monsieur, vous m'avez frappé à l'œil, dit Johannes d'une voix grave et amusée à la fois.

– Vous vous trompez, répondit l'autre, je vous ai giflé. Vous comprenez ? Vous comprenez ?

Johannes sortit son mouchoir et s'essuya l'œil.

– Vous plaisantez, rétorqua-t-il en se levant. Vous savez parfaitement que je pourrais vous plier en quatre et vous fourrer dans ma poche.

Pris de panique, le lieutenant s'enfuit précipitamment en hurlant :

– Je ne plaisante pas ! Je ne plaisante pas ! Espèce de goujat !

Et il claqua bruyamment la porte derrière lui.

Johannes regagna sa place.

Victoria était demeurée au milieu de la pièce. Elle le regarda, livide, sans mot dire.

– Il vous a frappé ? demanda Camilla avec une surprise non feinte.

– Par mégarde, oui. Il m'a frappé à l'œil. Vous voulez voir ?

– Mon Dieu ! Mais c'est tout rouge, ça saigne ! Non, ne le frottez pas, laissez-moi y mettre une compresse humide. Votre mouchoir n'est pas assez fin, je vais me servir du mien. Regardez-moi ça, en plein dans l'œil !

Victoria sortit son mouchoir à son tour, comme si elle avait eu l'intention de se joindre à son amie, mais elle n'en fit rien. Elle alla vers la porte de verre où elle resta à regarder dehors, tout en déchirant son mouchoir en fines lanières. Quelques minutes plus tard, elle quitta la pièce sans un mot.

Camilla se dirigeait vers le moulin, gaie et naturelle. Elle était seule. Elle entra directement dans la petite pièce et dit, souriante :

– Pardonnez-moi de n'avoir pas frappé. La rivière fait tellement de bruit... J'ai pensé que cela ne servirait à rien.

Elle regarda autour d'elle, puis s'exclama :

– Comme c'est charmant, ici ! Ravissant ! Où est Johannes ? Je le connais, vous savez. Comment va son œil ?

On lui présenta une chaise et elle s'assit.

On appela Johannes. Son œil était toujours injecté de sang.

– Je suis venue de mon propre chef, dit Camilla en s'approchant de lui. J'en ai eu envie. Il faut continuer à mettre des compresses d'eau froide sur votre œil.

– Ce n'est pas la peine. Mais par Dieu, comment vous est venue l'idée de venir ici ? Vous aimeriez visiter le moulin ? C'est très gentil d'être venue ! Voici ma mère, ajouta-t-il en prenant familièrement celle-ci par la taille.

Ils descendirent au moulin. Le vieux meunier ôta sa casquette et murmura quelque chose que Camilla n'entendit pas. Elle lui sourit cependant et répondit à tout hasard :

– Merci, merci, oui, je serais enchantée de le visiter.

Le vacarme l'effrayait ; elle tenait la main de Johannes et regardait alternativement les deux hommes au cas où ils auraient parlé. On aurait dit une sourde. Les rouages et la machinerie du moulin l'emplissaient d'étonnement et elle riait, secouant la main de Johannes dans son amusement et faisant de grands gestes désordonnés. On arrêta le moulin, puis on le fit repartir, de façon qu'elle en comprenne le fonctionnement.

Longtemps après la fin de la visite, Camilla continua de parler d'une voix excessivement haute ; l'effet en était comique, on aurait dit que le bruit était resté dans les oreilles.

Johannes la raccompagna au Château.

– Vous pouvez comprendre pourquoi il vous a frappé à l'œil ? lui demanda-t-elle. Et tout de suite après, il est parti à la chasse. Quelle horrible histoire ! Victoria n'en a pas fermé l'œil de la nuit.

– Elle dormira mieux cette nuit. Quand comptez-vous repartir ?

– Demain. Et vous, quand viendrez-vous en ville ?

– À la rentrée. Puis-je vous voir cet après-midi ?

– Oh, oui, avec plaisir ! s'écria-t-elle. Vous m'avez parlé d'une grotte que vous possédez, il faudra me la montrer.

– Je viendrai vous chercher.

En rentrant chez lui, il resta un long moment à méditer, assis sur une pierre. Une pensée heureuse, agréable, lui occupait l'esprit.

Dans l'après-midi, il se rendit au Château et fit demander Camilla. Pendant qu'il attendait devant la demeure, Victoria apparut un bref instant à une fenêtre du premier étage ; elle le regarda fixement, se détourna et disparut.

Camilla sortit ; il la conduisit à la carrière et à la grotte. La jeune fille parvenait à lui changer les idées et à lui apporter calme et sérénité par ses mots simples, légers, qui virevoltaient autour de lui comme autant de petites bénédictions. Aujourd'hui, la chance était de son côté…

– Je me souviens, Camilla, qu'une fois vous m'avez offert un poignard dans son fourreau d'argent. Je l'ai mis dans une caisse avec d'autres objets, parce que je n'en avais pas l'usage.

– Et alors ?

– Eh bien… je l'ai perdu.

– Comme c'est dommage ! Peut-être pourrais-je retrouver le même. Je vais essayer, en tout cas.

Ils étaient sur le chemin du retour.

– Et vous rappelez-vous le gros médaillon en or que vous m'aviez donné ? Il était lourd, massif, et même monté sur support. Vous y aviez gravé des mots aimables.

– Oui, je me le rappelle.

– L'année dernière, à l'étranger, j'en ai fait cadeau.

– Oh, non ! Vous l'avez offert à quelqu'un ? Pourquoi ?

– Je l'ai donné en souvenir à un jeune camarade. C'était un Russe. Il est tombé à genoux pour me remercier.

– Cela lui a fait plaisir à ce point ? Bien sûr, s'il est tombé à genoux, c'est qu'il était fou de joie. Je vous en donnerai un autre à la place, et celui-là ne sera que pour vous !

Ils étaient arrivés au chemin qui conduisait du moulin au Château. Johannes s'arrêta :

– Ici, près de ce fourré, il m'est arrivé quelque chose, une fois. Je marchais, un soir, comme je le faisais souvent dans ma solitude ; c'était l'été et le ciel était clair. Je m'installai derrière le fourré pour réfléchir. À ce moment, deux personnes débouchèrent du chemin. La dame s'arrêta. Son compagnon lui demanda : « Pourquoi vous arrêtez-vous ? » Ne recevant pas de réponse, il ajouta : « Quelque chose ne va pas ? » « Non, dit-elle, mais il ne faut pas me regarder comme cela. » « Je vous regardais, c'est tout », répliqua-t-il. « Oui, fit-elle, je sais que vous m'aimez, mais papa ne le permettra pas, vous comprenez ; c'est impossible. » « Oui, c'est certainement impossible », murmura-t-il. Puis elle ajouta : « Votre main est très large, là. Que vos poignets sont larges ! » Et elle lui caressa le poignet.

– Oui, et alors ? demanda Camilla après un silence.

– Rien, répondit Johannes. Mais pourquoi a-t-elle parlé de ses poignets, à votre avis ?

– Peut-être parce qu'ils étaient beaux. Et avec la manchette de sa chemise blanche, oh oui, je comprends cela très bien. Peut-être qu'elle l'aimait aussi.

– Camilla ! Si je vous aimais beaucoup et que j'attendais quelques années, je pose simplement la question… En un mot, je ne suis pas digne de vous, mais croyez-vous que vous voudriez bien de moi si je vous le demandais dans un an ou deux ?

Pas de réponse.

Camilla était devenue toute rouge et, confuse, se tortillait en se tordant les mains. Il la prit par la taille et insista :

– Vous croyez que ce serait possible ?

– Oui, répondit-elle en se jetant dans ses bras.

Le lendemain, il l'accompagna jusqu'au quai.

Il embrassa ses petites mains enfantines, innocentes, avec reconnaissance et joie.

Victoria n'était pas auprès d'elle.

– Pourquoi n'y a-t-il personne pour t'accompagner ?

Camilla lui expliqua avec des yeux horrifiés que le Château était dans le deuil et l'affliction. Le matin même, on avait apporté un télégramme ; le châtelain était devenu blanc comme un linge ; le chambellan et sa femme avaient crié leur douleur. Otto avait été tué à la chasse, la veille au soir.

Johannes saisit le bras de Camilla.

– Mort ? Le lieutenant ?

– Oui. On va apporter le corps. C'est horrible.

Ils poursuivirent leur chemin, plongés chacun dans ses réflexions. Ils n'en furent distraits que par le bruit des gens sur le quai, mêlé à celui du bateau et aux cris de commandement des officiers. Camilla lui tendit timidement une main, qu'il baisa.

– Je sais, je ne suis pas digne de toi, Camilla, en aucune façon. Mais je ferai tout mon possible pour te rendre heureuse, si tu veux bien de moi.

– Oui, je le veux. Je l'ai toujours voulu. Toujours.

– Je te rejoindrai dans quelques jours, promit-il.

– C'est cela, on se reverra dans une semaine.

Elle monta à bord. Il agita la main tant qu'elle fut en vue. Quand il se retourna pour rentrer, Victoria se tenait derrière lui. Elle agitait son mouchoir en direction de Camilla.

– Je suis arrivée un peu trop tard, dit-elle en manière d'excuse.

Il ne répondit pas. Que pouvait-il dire ? La consoler de son deuil ? La féliciter ? Lui serrer la main ? La voix de Victoria était sans timbre et sur son visage se lisait l'expression du désarroi et la marque d'un événement important.

Les gens quittaient le quai.

– Votre œil est toujours rouge, remarqua-t-elle en se mettant en route.

Il n'avait pas bougé ; elle le chercha du regard et revint vers lui.

– Otto est mort, lui dit-elle d'une voix dure, les yeux brillants. Vous ne dites mot, vous êtes si altier. Il vous était cent mille fois supérieur, vous entendez ? Vous savez comment il est mort ? D'un coup de fusil, la tête arrachée, sa petite tête idiote. Il vous était cent mille fois…

Elle éclata en sanglots et rentra chez elle à grands pas désespérés.

Tard le même soir, on frappa chez le meunier ; Johannes ouvrit et aperçut Victoria qui lui faisait signe de sortir. Il s'exécuta. Elle lui prit la main avec brusquerie et le tira en direction du chemin. Sa main était gelée.

– Asseyez-vous plutôt, dit-il. Asseyez-vous et reposez-vous un instant. Vous êtes fatiguée.

Ils s'assirent tous les deux.

– Que devez-vous penser de moi, qui ne puis jamais vous laisser en paix ? murmura-t-elle.

– Vous êtes très malheureuse, dit-il. Il vaudrait mieux m'écouter et essayer de vous calmer, Victoria. Puis-je faire quelque chose pour vous ?

– Au nom du Seigneur, je vous supplie de me pardonner pour ce matin ! Oui, je suis très malheureuse, je le suis depuis de longues années déjà. J'ai dit qu'il vous était cent mille fois supérieur ; ce n'est pas vrai, pardonnez-moi, il est mort et c'était mon fiancé, c'est tout. Vous croyez que c'était avec mon consentement, Johannes ? Vous voyez cette bague ? C'est ma bague de fiançailles, je l'ai reçue il y a très, très longtemps ; et maintenant, je la jette, oui, je la jette !

Elle lança l'anneau loin dans la forêt et ils l'entendirent tomber.

– C'est papa qui l'a voulu. Papa est pauvre, c'est un mendiant, et Otto aurait été si riche un jour ! « Tu vas m'obéir », me dit papa. « Je ne veux pas », répondis-je. « Pense à tes parents, pense au Château, au prestige de notre nom, à mon honneur. » « Entendu. Donne-moi encore trois ans, et je le ferai. » Papa me remercia et attendit. Otto attendait, tout le monde attendait ; mais j'eus la bague tout de suite. Le temps passa et je compris que rien n'y ferait. Pourquoi attendre davantage ? « Va donc me chercher mon mari », dis-je un jour à papa. « Que Dieu te bénisse », me répondit-il en me remerciant à nouveau d'accepter. Et Otto vint. Je n'allai pas l'accueillir sur le quai et restai à la fenêtre de ma chambre, d'où je le vis arriver en voiture. Alors j'entrai en courant chez maman et me jetai à ses pieds. « Qu'as-tu mon enfant ? » me demanda-t-elle.

« Je ne peux pas, non, je ne peux pas l'épouser, il est là, il est en bas ; prenez plutôt une assurance-vie à mon nom et je disparaîtrai dans la baie ou dans la chute d'eau, ce sera mieux pour moi. » Maman devint très pâle et se mit à pleurer. Papa monta. « Allons, ma chère Victoria, il faut que tu descendes lui souhaiter la bienvenue. » « Je ne peux pas, c'est impossible », implorai-je en lui répétant d'avoir pitié de moi et de souscrire plutôt à une assurance-vie à mon nom. Papa ne répondit pas, mais prit une chaise, s'assit et se mit à méditer, tout tremblant. Je ne pus y résister et cédai : « Va donc le chercher, c'est d'accord. »

Victoria se tut. Elle était secouée de frissons. Johannes prit son autre main et la réchauffa.

– Merci, Johannes, soyez gentil, serrez ma main très fort. Je vous en prie ! Mon Dieu, que vous avez la main chaude ! Je vous suis très reconnaissante. Mais ce que je vous ai dit sur le quai, il faudra l'oublier.

– C'est déjà fait. Voulez-vous que j'aille vous chercher un châle ?

– Non, merci. Mais je ne comprends pas pourquoi je tremble ainsi alors que ma tête est si chaude. Johannes, je dois vous demander de pardonner tant de choses…

– Non, n'en faites rien. Voilà, vous êtes plus calme à présent, mais restez assise.

– Vous avez tenu un discours en mon honneur. Depuis le moment où vous vous êtes levé pour parler jusqu'au moment où vous vous êtes rassis, je ne savais plus ce que je faisais. J'entendais seulement le son de votre voix. C'était comme une musique d'orgue et j'en étais désespérée et envoûtée à la fois. Papa m'a demandé pourquoi j'ai crié pour vous interrompre. Il l'a beaucoup regretté. Mais maman ne m'a posé aucune question, elle avait compris. J'avais tout avoué à maman, il y a plusieurs années déjà, et il y a deux ans, lorsque je suis revenue de la ville, je lui ai redit les mêmes choses. C'était la fois où je vous ai rencontré.

– Ne parlons pas de cela.

– Non, mais pardonnez-moi, vous entendez, soyez indulgent ! Que puis-je faire ? Papa est comme fou ; là-bas, à la maison, il fait les cent pas dans son bureau, c'est une catastrophe pour lui. Demain, c'est dimanche, et il a décidé de donner congé à tout le personnel, c'est la seule décision qu'il a pu prendre. Son visage est gris et il ne dit pas un mot à cause de la disparition de son futur gendre. J'ai dit à maman que j'allais vous voir. « Il faut que toi et moi nous accompagnions le chambellan et sa femme en ville demain », me répondit-elle. « Je vais chez Johannes », répétai-je. « Papa n'a pas assez d'argent pour payer le voyage pour nous trois et, d'ailleurs, il préfère rester ici tout seul », continua-t-elle, pour parler d'autre chose. J'atteignis la porte. Maman me regardait. « Je vais chez lui », dis-je pour la dernière fois. Maman me rejoignit, m'embrassa et dit :

« Que le Seigneur vous bénisse tous les deux. » Johannes abandonna les mains de Victoria :

– Voilà ; vous êtes réchauffée.

– Merci beaucoup ; j'ai chaud, très chaud maintenant… « Que Dieu vous bénisse », dit-elle. J'ai tout avoué à maman, elle a toujours su. « Mais qui aimes-tu donc, ma chère enfant ? » « Peux-tu encore me le demander ? répondis-je, c'est Johannes que j'aime, lui et personne d'autre ; depuis toujours je n'aime que lui, je n'aime… »

Il fit un mouvement.

– Il est tard. On se fait peut-être du souci pour vous à la maison ?

– Non. Vous savez bien que je vous aime, Johannes, vous l'avez compris, n'est-ce pas ? Vous m'avez manqué ces dernières années à un point que personne, personne ne pourra jamais imaginer. J'allais ici, sur le chemin, et il me disait : « Je vais entrer un peu plus avant dans la forêt, près du chemin, parce que *lui*, il y allait toujours. » Et je le faisais. Le jour où j'appris que vous étiez de retour, je me suis habillée de clair, de jaune clair, j'étais malade d'impatience et d'anxiété et j'allais et venais d'une pièce à l'autre. « Tu es rayonnante aujourd'hui », remarqua maman. Je n'arrêtai pas de me répéter : « Il est revenu ! Il est merveilleux, et il est revenu ! Merveilleux et revenu ! » Le lendemain, n'y tenant plus, je m'habillai à nouveau de clair et montai à la carrière pour vous y rencontrer. Vous vous souvenez ? Je vous ai trouvé, mais je n'ai pas cueilli de fleurs, comme je vous l'avais dit, ce n'était pas le but de ma promenade. Vous n'étiez pas heureux de me revoir, mais merci quand même de m'avoir rencontrée. Il y aura bientôt trois ans de cela. Vous aviez à la main une branche avec laquelle vous fouettiez l'air ; lorsque vous êtes parti, je l'ai ramassée en cachette et l'ai rapportée chez moi…

– Oui, mais Victoria, dit-il, la voix tremblante, il ne faut pas me dire de telles choses.

– Non, acquiesça-t-elle, en lui serrant la main avec angoisse. Non, il ne faut pas. Non, vous ne voulez plus, sans doute.

Elle se mit à lui caresser la main d'un geste nerveux.

– Non, je ne peux pas vous demander de le vouloir. D'ailleurs, je vous ai tant fait souffrir. Croyez-vous qu'un jour vous pourrez me pardonner ?

– Oui, oui, je pardonne tout ce que vous voudrez. Ce n'est pas la question.

– Qu'est-ce alors ?

Il attendit un instant avant de répondre :

– Je suis fiancé.

Le lendemain, dimanche, le châtelain alla trouver le meunier pour lui demander de conduire à l'heure du déjeuner le corps du lieutenant Otto jusqu'au vapeur. Le meunier parut ne pas comprendre et le regarda fixement. Le châtelain lui expliqua alors rapidement qu'il avait donné congé à tous ses domestiques pour aller à l'église et qu'il n'avait personne pour l'aider.

Visiblement, il n'avait pas dû dormir de la nuit : mal rasé, il avait un teint de déterré. Il se tenait pourtant très droit et faisait des moulinets avec sa canne, selon son habitude.

Le meunier mit sa plus belle veste et se rendit au Château. Une fois les chevaux attelés, le châtelain l'aida à hisser le cercueil sur la carriole. Tout se déroula en silence, de manière presque clandestine, et sans témoins.

Le meunier fit prendre à la voiture la direction du quai. Derrière venaient à pied le chambellan et sa femme, la châtelaine et Victoria. Le châtelain, resté sur le perron, les salua à plusieurs reprises. Le vent soulevait ses cheveux gris.

Tous quatre montèrent à bord derrière le cercueil et, de la rambarde, Victoria et sa mère crièrent au meunier de bien saluer le châtelain pour elles.

Le brave homme resta un bon moment à regarder le bateau s'éloigner dans un nuage de vapeur. Le vent s'était levé et la mer était forte : il fallut un bon quart d'heure au navire pour virer derrière les îles. Le meunier retourna chez lui. Il rentra les chevaux à l'écurie, leur donna du fourrage, puis se dirigea vers le Château pour transmettre les salutations dont il était porteur. La porte de l'office était fermée. Il fit le tour de la maison, afin de pénétrer par l'entrée principale : elle était également close. « C'est l'heure de la sieste, monsieur dort sans doute », pensa-t-il. Mais, étant fort consciencieux, il tenait absolument à accomplir sa mission. Il descendit dans la salle des domestiques pour y chercher quelqu'un à qui confier son message. Il ne trouva âme qui vive. Il sortit et alla même jusque dans le salon des femmes de chambre : personne. Toute la maison était vide.

Il allait renoncer lorsqu'il aperçut une lumière dans la cave. À travers les petites fenêtres grillagées, il distingua clairement un homme qui entrait dans la pièce, une bougie dans une main, une chaise au siège de soie rouge dans l'autre. C'était le châtelain. Il était rasé de frais et portait un habit de cérémonie. « Je pourrais peut-être frapper au carreau et le saluer de la part de sa femme », pensa le meunier, mais il n'en fit rien.

Le châtelain regarda autour de lui, la bougie levée, comme s'il cherchait quelque chose. Il trouva un sac qui semblait contenir de la paille ou du foin, et le posa près de la porte d'entrée, avant d'y verser le contenu d'un bidon. Puis il entassa des caisses, de la paille, et un escabeau qui traînait par là et avait dû servir autrefois de support à des plantes d'agrément, avant d'arroser abondamment le tout. Le meunier remarqua que, ce faisant, il prenait grand soin de ne tacher ni ses mains, ni ses vêtements. Il saisit la petite bougie, la posa sur le sac après avoir délicatement recouvert celui-ci de paille, et alla s'asseoir sur la chaise.

Le meunier suivait ces préparatifs, interdit, l'œil hagard. Un sombre pressentiment naquit en lui. Assis très calmement sur sa chaise, les mains jointes, le châtelain regardait la bougie se consumer. Le meunier remarqua qu'il enlevait délicatement un grain de poussière de sur sa manche pour aussitôt joindre à nouveau les mains.

Alors, le vieux meunier, terrifié, poussa un cri.

Le châtelain tourna la tête vers la fenêtre, se leva d'un bond, s'approcha du carreau et regarda dehors. Ses yeux reflétaient toute la souffrance du monde et sa bouche se tordait en un horrible rictus. Sans dire mot, il brandit ses deux poings en direction du meunier, en signe de menace, puis laissa choir un bras et recula. Il heurta la chaise ; la bougie tomba. Une grande flamme s'éleva.

Pris de panique, le meunier se mit à crier et à courir dans tous les sens. Il tourna en rond quelque temps devant la maison, impuissant, puis il revint à la fenêtre de la cave et commença à casser les carreaux, en criant. Il se baissa, agrippa les barreaux de fer, tira et les arracha.

De la cave lui parvint un hurlement atroce suivi du gémissement d'un mourant, qu'il écouta quelques secondes avant de s'enfuir chez lui sans oser se retourner. Lorsqu'il revint peu après en compagnie de Johannes, la vieille demeure était en flammes. Deux hommes étaient accourus du quai, mais il n'y avait plus rien à faire. Tout était perdu.

Le meunier resta muet comme une tombe.

Quelqu'un demande ce qu'est l'amour. On répond : « L'amour, c'est un vent qui murmure dans les rosiers, avant de tomber. Mais il peut être aussi un sceau inviolable jusqu'à la mort. Dieu a créé plusieurs types d'amour : ceux qui durent et ceux qui s'évanouissent. »

Deux mères se promènent en bavardant. L'une porte des vêtements d'un bleu très gai parce que son amant est revenu de voyage. L'autre est en deuil. Elle avait trois filles, deux brunes et une blonde. La blonde est morte, il y a déjà dix ans, mais la mère continue de porter le deuil.

– Quelle merveilleuse journée ! s'exclame la première en frappant dans ses mains. La chaleur m'enivre, l'amour m'envoûte, je suis heureuse. Je pourrais me déshabiller ici, dans la rue, et tendre mes bras vers le soleil pour l'étreindre.

La seconde demeure silencieuse et n'ébauche ni sourire ni réponse.

– Tu portes encore le deuil de ta petite fille ? lui demande innocemment son amie. Cela fait dix ans qu'elle est morte, n'est-ce pas ?

– Oui, elle aurait eu quinze ans cette année.

– Mais tu as deux autres filles…

– Bien sûr, mais elles ne dégagent aucune lumière ; celle qui est morte était si claire, réplique la femme en noir, en éclatant en sanglots.

Et les deux mères se quittent, empruntant chacune un chemin différent, chacune avec son amour bien à elle…

Les deux filles brunes ont elles aussi chacune son amour, mais elles aiment le même homme.

Un jour, celui-ci va trouver l'aînée et lui dit :

– J'aime votre sœur et je voudrais vous demander conseil. Hier, je lui ai été infidèle ; elle m'a surpris en train d'embrasser votre femme de chambre dans le couloir ; elle a poussé un cri, puis s'est éloignée. Que dois-je faire ? J'aime votre sœur, parlez-lui, aidez-moi, je vous en prie !

La jeune fille pâlit et porte la main à son cœur, puis elle sourit, comme pour le bénir :

– Je vais vous aider, promet-elle.

Le lendemain, il retourne chez la cadette et se jette à ses pieds en lui avouant son amour.

Elle le dévisage froidement :

– Je ne peux malheureusement vous donner qu'un billet de dix couronnes, si c'est cela que vous désirez. Mais allez voir ma sœur, elle a davantage d'argent que moi.

Et elle le quitte, la tête haute.

Une fois dans sa chambre, elle se laisse tomber à terre en se tordant les mains de désespoir.

L'hiver était de retour, et le froid, avec son cortège de brouillard, de vent et de poussière, avait repris possession des rues. Johannes avait retrouvé son ancienne chambre en ville et de nouveau il entendait les peupliers gémir contre les murs en bois de sa maison, et de nouveau il saluait la naissance du jour à sa fenêtre. Mais le soleil ne serait plus au rendez-vous à présent. Son travail l'avait distrait et au fil des jours les pages noircies s'étaient empilées sur sa table. Elles étaient le fruit d'une série d'aventures au pays de ses rêves, ce pays qui ressemblait à une nuit éternelle, rouge comme le soleil.

Les jours se suivaient et ne se ressemblaient pas tous ; parfois, un souvenir, un regard, un mot, le replongeaient dans le passé et altéraient sa bonne humeur. Alors, il se levait et commençait, comme autrefois, à arpenter sa chambre d'un mur à l'autre, traçant sur le parquet un sillon chaque jour un peu plus visible.

« Aujourd'hui, à cause des souvenirs, je n'arrive ni à travailler, ni à réfléchir, ni à trouver le calme nécessaire ; j'ai donc décidé d'écrire ce qui m'est arrivé une nuit. Cher lecteur, c'est une très mauvaise journée pour moi. Dehors, il neige, il n'y a presque personne dans les rues ; tout est triste et je me sens terriblement seul. J'ai marché dans les rues et dans ma chambre, des heures durant, pour essayer de me concentrer. C'est déjà l'après-midi, et cela ne va pas mieux. Moi qui devrais avoir chaud, j'ai froid et suis pâle comme un linge. Cher lecteur, dans cet état d'âme, je dois essayer de décrire une nuit claire et passionnée. Le travail m'oblige à recouvrer ma sérénité et, ainsi, dans quelques heures, serais-je peut-être de nouveau de bonne humeur… »

On frappa à la porte : Camilla Seier, sa jeune fiancée secrète, entra. Il posa sa plume et se leva. Ils se saluèrent en souriant.

– Tu ne me demandes pas des nouvelles du bal, commença-t-elle en se laissant tomber dans un fauteuil. Je n'ai pratiquement pas manqué une danse. Cela s'est terminé à trois heures du matin. J'ai aussi dansé avec Richmond.

– Merci d'être venue, Camilla. Je suis triste, alors que *toi*, tu es si gaie ; ta gaieté va me changer les idées ; dis-moi, que portais-tu au bal ?

– Du rouge, évidemment. Mon Dieu, je ne me rappelle plus, mais j'ai dû beaucoup parler, beaucoup rire. C'était charmant. Oui, j'étais habillée de rouge, une robe sans manches, sans même une ébauche de manches. Richmond travaille à la légation de Londres.

– Ah bon.

– Ses parents sont anglais, mais il est né ici. Qu'est-ce que tu t'es fait aux yeux ? Ils sont tout rouges. Tu as pleuré ?

– Non, répondit-il en éclatant de rire, j'ai tourné le regard vers mon imagination où le soleil est très fort. S'il te plaît, Camilla, ne déchire pas davantage cette feuille de papier.

– Mon Dieu, que je suis étourdie ! Pardonne-moi, Johannes.

– Ce n'est pas grave, ce ne sont que des notes. Mais dis-moi : tu avais sans doute une rose dans les cheveux ?

– Oui, une rose rouge, presque noire. Tu sais, Johannes, ce serait une bonne idée de partir en voyage de noces à Londres. Ce n'est pas aussi terrible qu'on le dit, et les histoires qu'on raconte sur le brouillard ne sont que des inventions.

– Qui t'a dit cela ?

– Richmond, et il sait de quoi il parle. Tu le connais, n'est-ce pas ?

– Non. Il a porté une fois un toast en mon honneur. Les boutons de sa chemise étaient en diamants, c'est tout ce que je me rappelle de lui.

– Il est superbe. Tu sais quand il est venu vers moi et qu'il m'a dit avec une révérence : « Mademoiselle ne me reconnaît peut-être pas… », je lui ai donné la rose.

– Tu as fait cela ? Quelle rose ?

– Celle que j'avais dans les cheveux. Je la lui ai offerte.

– Tu devais être bien éprise de Richmond.

Elle devint écarlate et se défendit avec acharnement :

– Pas du tout, absolument pas. On peut apprécier quelqu'un, sans que… Tu es fou, Johannes, je ne parlerai plus jamais de lui.

– Que Dieu te bénisse, Camilla, je ne voulais pas dire… ne crois pas que… Au contraire, je le remerciai de t'avoir distraite.

– Tu devrais, tu sais ! Pour ma part, je ne lui adresserai plus jamais la parole. Jamais de ma vie.

– C'est bon, concéda-t-il, après un silence. Tu t'en vas déjà ?

– Oui, je ne veux pas rester plus longtemps. Comment va ton travail ? Maman m'en a demandé des nouvelles. Au fait je n'avais pas vu Victoria depuis des semaines, et voilà que je l'ai rencontrée.

– Quand ?

– En venant ici. Elle souriait. Mon Dieu, elle est terriblement diminuée ! Dis, tu viendras bientôt à la maison ?

– Oui, bientôt, répondit-il en se levant d'un bond. Ses joues étaient en feu. Un de ces jours, peut-être. Je dois terminer d'écrire quelque chose avant, une idée que j'ai, la conclusion de mes aventures. Ah ! je vais écrire quelque chose, quelque chose... Essaie d'imaginer le monde vu d'en haut, comme une cape papale, merveilleuse et étrange. Dans ses plis, les hommes se promènent, par couples, et c'est le soir, tout est calme : c'est l'heure de l'Amour. Cela s'appellera *La Lignée*. Je crois que ce sera fantastique. J'ai eu souvent cette vision et à chaque fois ma poitrine est sur le point d'éclater, je voudrais embrasser la Terre entière. Voilà donc les hommes, les animaux et les oiseaux, tous ont leur heure d'amour, Camilla. Une vague d'enchantement est dans l'air, les yeux s'illuminent, les poitrines se soulèvent plus vite. Alors, une délicate rougeur monte de la terre : c'est la rougeur de modestie de tous ces cœurs nus, et la nuit prend la couleur d'une rose. Mais loin derrière, dorment les montagnes majestueuses : elles n'ont rien vu, rien entendu. Et le matin, Dieu jette son chaud soleil sur le tout. Cela s'appellera *La Lignée*.

– Oui.

– Je viendrai lorsque j'aurai terminé. Merci d'être venue, Camilla. Et ne pense plus à ce que j'ai dit. Cela ne voulait rien dire.

– Je n'y pense absolument pas. Mais je ne prononcerai plus jamais son nom. Plus jamais.

Camilla revint le lendemain matin. Elle était blême et visiblement inquiète.

– Qu'as-tu ? lui demanda-t-il.

– Moi ? Rien, répondit-elle précipitamment. C'est toi que j'aime... Ne crois pas que quelque chose n'aille pas ou que je ne t'aime plus. Non, écoute plutôt. J'ai réfléchi : nous n'irons pas à Londres. Qu'irions-nous faire là-bas ? Il ne savait sans doute pas de quoi il parlait, cet homme, il y a plus de brouillard qu'il ne le croit. Pourquoi me regardes-tu ainsi ? Je n'ai pas prononcé son nom. Quel menteur, il n'a fait que me tromper. Nous n'irons pas à Londres.

Il l'observa attentivement, et comprit soudain :

– D'accord, acquiesça-t-il, songeur.

– N'est-ce pas ? C'est décidé, nous n'irons pas là-bas. As-tu écrit *La Lignée* ? Mon Dieu, si tu savais comme cela m'intéresse ! Tâche de la terminer très rapidement et de nous rejoindre, Johannes. L'heure de l'Amour, n'est-ce pas ? Et une merveilleuse cape papale avec ses plis, une nuit rose... Je me rappelle encore tout ce que tu m'as raconté. Je ne suis pas venue très souvent ces derniers temps, mais dorénavant, je viendrai tous les jours, pour voir si tu as fini.

– J'aurai bientôt fini, dit-il en la regardant fixement.

– Aujourd'hui, j'ai pris tes livres pour les mettre dans ma chambre. Je veux les relire. Cela ne me fatiguera nullement, au contraire, ce sera un plaisir. Écoute, Johannes, tu pourrais peut-être avoir la gentillesse de me raccompagner à la maison ? Je ne sais pas, le chemin n'est peut-être pas très sûr pour moi. Je me le demande. Peut-être que quelqu'un m'attend en bas. J'en suis presque certaine...

Elle éclata en sanglots et poursuivit :

– Je l'ai traité de menteur, je n'aurais pas dû. Il ne m'a pas menti, non. Au contraire, il était toujours... Mardi, nous aurons des invités à la maison, il ne viendra pas, alors que toi, tu dois venir, tu entends ? C'est promis ? Mais quand même, je n'aurais pas dû en dire du mal. Je me demande ce que tu peux bien penser de moi...

– Je commence à comprendre, dit-il.

Bouleversée, elle se jeta dans ses bras et se cacha, tremblante, contre sa poitrine.

– Oui, mais je t'aime aussi, s'exclama-t-elle. Ne crois pas le contraire. Je n'aime pas que lui, ce n'est pas si grave que cela. Lorsque tu m'as demandé l'année dernière... j'étais heureuse ; mais voilà, il est venu, et je ne comprends pas ce qui m'arrive. Est-ce si horrible de ma part, Johannes ? Je l'aime peut-être un tout petit peu plus que toi, je n'y puis rien, c'est plus fort que moi. Mon Dieu, je n'ai pas dormi depuis que je l'ai rencontré et je l'aime de plus en plus. Que dois-je faire ? Toi qui es mon aîné, tu dois m'aider. Il m'a accompagnée ici, et il est en bas, en train de m'attendre pour me ramener à la maison, il a peut-être froid. Tu me méprises, Johannes ? Je ne l'ai pas embrassé, non, il faut me croire, je lui ai simplement offert ma rose. Pourquoi ne réponds-tu pas, Johannes ? Il faut me dire ce que je dois faire, car je n'en peux plus.

Johannes, assis, l'écoutait en silence.

– Je n'ai rien à dire.

– Merci, merci, Johannes, c'est si gentil de ta part de ne pas être en colère, dit-elle en essuyant ses larmes. Mais ne crois pas que je ne t'aime pas, toi aussi. Par Dieu, je viendrai te voir beaucoup plus souvent qu'avant, et je ferai tout ce que tu voudras. Seulement, je l'aime un peu plus que toi. Je ne l'ai pas voulu. Ce n'est pas ma faute.

Il se leva sans un mot et mit son chapeau.

– Allons-y, proposa-t-il.

Ils descendirent l'escalier.

Richmond se tenait devant la maison. C'était un jeune homme aux cheveux châtains et aux yeux marron pétillants de vie et de jeunesse. Le froid avait rougi ses joues.

– Vous avez froid ? lui demanda Camilla en se précipitant vers lui.

Sa voix trahissait son émotion. Puis elle se dirigea vers Johannes et passa son bras sous le sien :

– Pardon de ne pas t'avoir demandé si tu avais froid également. Tu n'as pas mis ton pardessus, veux-tu que j'aille le chercher ? Non ? Alors boutonne au moins ta veste.

Elle le fit pour lui.

Johannes serra la main de Richmond. Il était dans un état étrange, absent, comme si ce qui lui arrivait ne le concernait pas vraiment. Il ébaucha un sourire incertain et murmura :

– Je suis enchanté de vous revoir.

Richmond ne laissait paraître le moindre sentiment de culpabilité ou d'hypocrisie. En saluant Johannes, il semblait sincèrement heureux de le rencontrer.

– J'ai vu récemment un de vos livres dans la vitrine d'un libraire de Londres, dit-il, une traduction. C'était charmant à voir, on aurait dit un petit bonjour du pays.

Camilla marchait entre eux et les regardait tour à tour.

– Alors, tu viendras mardi, Johannes, dit-elle. Pardonne-moi de ne penser qu'à mes propres affaires, ajouta-t-elle en riant. Immédiatement après, elle s'adressa, presque honteuse à Richmond, et le pria de venir également. Il n'y aurait que des personnes de leur connaissance, une douzaine d'invités environ, parmi lesquels Victoria et sa mère.

– Au fond, je peux peut-être rentrer chez moi, proposa Johannes.

– À mardi, alors, répondit Camilla.

Richmond lui serra chaleureusement la main.

Et les deux jeunes gens s'éloignèrent, heureux.

La mère vêtue de bleu était terriblement anxieuse : elle attendait d'un moment à l'autre un signal en provenance du jardin, et le chemin n'était pas libre ; personne ne pourrait passer tant que son mari serait encore dans la maison. Ah, ce mari, cet homme de quarante ans avec sa calvitie naissante ! Quelle pensée sinistre pouvait bien le rendre si pâle ce soir et le clouer dans son fauteuil, inamovible, impitoyable, le regard rivé à son journal ?

Son angoisse croissait, car onze heures sonnaient déjà. Les enfants étaient au lit depuis un bon moment, mais le mari ne s'en allait toujours pas. Et si le signal retentissait, si la porte s'ouvrait grâce à la chère petite clé et que les deux hommes se retrouvaient face à face... Elle n'osa pas aller jusqu'au bout de sa pensée. Dans le coin le plus sombre du salon, elle était là, à se tordre les mains, et finit par s'exclamer :

– Il est onze heures. Si tu veux vraiment aller au club, tu devrais partir maintenant.

Il se leva aussitôt, livide, et quitta la pièce, puis la maison.

Dans le jardin, il s'arrêta et entendit un sifflement, un bref signal ; puis ce furent des pas sur le gravier, une clé dans la serrure et deux ombres derrière les rideaux du salon.

Il connaissait bien le signal, les pas, les ombres. Rien de tout cela n'était nouveau pour lui.

Il prit la direction du club ; il était ouvert, il y avait encore de la lumière aux fenêtres, mais il n'entra pas. Pendant une demi-heure, il erra dans les rues, non loin de chez lui. « Je vais attendre encore un quart d'heure », pensa-t-il, et il attendit. Puis il se décida à entrer, traversa le jardin, monta l'escalier et sonna à sa propre porte.

La bonne ouvrit, passa la tête et commença :

– Madame est déjà… Elle s'arrêta soudain, voyant à qui elle avait affaire.

– … déjà allée se coucher. C'est bon. Voulez-vous dire à madame que son mari est rentré ?

La fille s'exécuta. Elle frappa chez sa maîtresse et transmit le message à travers la porte fermée :

– Je dois vous dire que monsieur est rentré.

À l'intérieur, sa maîtresse s'exclama :

– Comment, monsieur est rentré ? Qui t'a dit de me raconter cela ?

– Monsieur lui-même. Il est ici.

Des lamentations s'échappèrent de la chambre ; il y eut des murmures précipités ; une porte s'ouvrit et se referma. Puis tout fut silencieux.

Le maître de maison entra. Sa femme vint à sa rencontre, la mort dans l'âme.

– Le club était fermé, dit-il rapidement, par pitié et par charité.

Elle se laissa tomber sur une chaise, soulagée, délivrée. Son bon cœur l'emporta et, heureuse de n'avoir pas été surprise, elle s'enquit de la santé de son mari :

– Tu es pâle. Quelque chose ne va pas, mon chéri ?

– Je n'ai pas froid, répondit-il.

– Mais il t'est arrivé quelque chose ? Ton visage est tout crispé.

– Non, je souris ; c'est ma façon à moi de sourire ; je tiens à ce que cette grimace me soit particulière.

Elle écouta ces mots brefs, rauques, sans les comprendre. Qu'entendait-il par là ? Sans prévenir, il l'étreignit avec une violence effrayante et lui chuchota à l'oreille :

– On le fait cocu ? Qu'en dis-tu ?

Elle poussa un cri et appela la bonne. Il la lâcha alors avec un rire étouffé, sec, la bouche grande ouverte et se tapa sur les cuisses.

Le lendemain matin, sa femme fit un nouvel effort et lui déclara :

– Quel étrange comportement tu as eu hier soir ; c'est passé, mais tu es encore pâle.

– Oui, dit-il, c'est fatigant d'avoir de l'esprit à mon âge. Heureusement, cela m'arrive de plus en plus rarement.

Après avoir parlé de nombreuses formes d'amour, le moine Vendt entama une autre histoire :

Il existe une forme d'amour enivrante.

Un jeune couple rentrait de son long voyage de noces et s'installait dans le bonheur.

Une étoile filante passa au-dessus de leur toit.

L'été, les jeunes époux se promenaient sans jamais se quitter. Ils cueillaient des fleurs jaunes, rouges et bleues, qu'ils s'offraient mutuellement, regardaient l'herbe ondoyer au vent et écoutaient les oiseaux chanter dans la forêt. Chaque mot qu'ils échangeaient était une caresse. L'hiver, ils allaient dans un traîneau dont les chevaux portaient des clochettes. Le ciel était indigo et, très haut au-dessus d'eux, les étoiles parcouraient les espaces infinis. Plusieurs années s'écoulèrent ainsi. Le jeune couple eut trois enfants, et leurs cœurs s'aimaient comme au premier jour, lors du premier baiser.

Mais, soudain, l'homme fut frappé par une maladie qui l'enchaîna très longtemps à son lit et mit la patience de sa femme à rude épreuve. Lorsque, guéri, il put se lever, il eut de la peine à se reconnaître dans le miroir : la maladie l'avait défiguré et il avait perdu tous ses cheveux.

Il en souffrit énormément.

– Maintenant, tu ne peux plus m'aimer, n'est-ce pas ? dit-il un jour à sa femme.

Elle, rougissante, lui noua les bras autour du cou et l'embrassa avec autant de passion qu'au printemps de leur vie.

– Je t'aimerai toujours. Je n'oublierai jamais que c'est moi et nulle autre que tu as choisie et rendue heureuse.

Elle se précipita dans sa chambre et coupa tous ses cheveux blonds pour ressembler à l'homme qu'elle aimait.

Et de très nombreuses années passèrent ; le couple vieillissait et leurs enfants étaient maintenant adultes. Comme avant, ils partageaient chaque joie ; l'été, ils allaient toujours dans les champs voir l'herbe ondoyer au vent, et l'hiver, bien emmitouflés dans leurs pelisses, ils glissaient en traîneau sous le ciel étoilé. Leurs cœurs étaient toujours pleins de chaleur et de bonheur, comme sous l'effet d'un élixir.

Puis ce fut à la femme d'être frappée par le malheur : elle eut une attaque de paralysie et son mari dut la pousser dans un fauteuil roulant. Cette situation affecta également son moral et de profondes rides se creusèrent sur son visage.

– Maintenant, je voudrais mourir, dit-elle un jour. Je suis infirme et laide alors que ton visage est si beau. Tu ne pourras plus m'embrasser ni m'aimer comme auparavant.

Rouge d'émotion, son mari l'embrassa et lui répondit :

– Je t'aime plus que ma propre vie, mon amour, je t'aime comme au premier jour, comme au premier instant, lorsque tu me fis cadeau de la rose. Tu te rappelles ? Tu m'as tendu la fleur en me regardant avec tendresse. Cette rose avait ton parfum, et tu rougissais comme elle. J'en fus enivré au plus profond de mon être. Mais aujourd'hui je t'aime encore davantage, tu es plus belle que dans ta jeunesse et mon cœur te remercie et te bénit pour chaque jour que tu m'as consacré.

Il monta dans leur chambre, et se jeta de l'acide au visage pour se défigurer. Alors il dit à son épouse :

– Par accident, je me suis atrocement brûlé ; maintenant, tu ne pourras sans doute plus m'aimer ?

– Oh, mon bien-aimé mari ! bégaya-t-elle en lui embrassant les mains. Tu es plus beau que n'importe quel homme sur la Terre, ta voix enflamme encore mon cœur et je t'aimerai jusqu'à ma mort.

Johannes rencontra Camilla dans la rue ; elle était accompagnée de ses parents et du jeune Richmond ; ils arrêtèrent leur voiture et lui adressèrent quelques mots aimables.

Camilla descendit et lui saisit le bras :

– Pourquoi n'es-tu pas venu ? demanda-t-elle. C'était une belle fête, tu sais. Nous t'avons attendu jusqu'à la fin.

– J'ai eu un empêchement.

– Pardonne-moi de ne pas t'avoir rendu visite, poursuivit-elle. Je passerai un de ces jours, c'est promis ; dès que Richmond sera parti. Oh, si tu avais vu notre réception ! Victoria a eu un malaise, il a fallu la reconduire chez elle, tu es au courant ? J'irai bientôt la voir. Elle va beaucoup mieux, elle est peut-être même complètement rétablie. J'ai offert à Richmond un médaillon presque pareil au tien. Écoute, Johannes, il faut me promettre de surveiller ton poêle : quand tu écris, tu oublies tout, et on gèle chez toi. Dans ce cas, il faut appeler la bonne.

– Entendu.

Mme Seier lui demanda comment allait son travail, et plus particulièrement l'histoire de *La Lignée*. Comment cela avançait-il ? Elle attendait avec impatience ses prochaines œuvres. Johannes lui fournit les réponses d'usage, salua très poliment, et regarda la voiture s'éloigner. Tout cela, cette voiture, ces personnes, ces bavardages ne le concernaient en rien. Il eut une sensation de vide et de froid qui ne le quitta pas jusqu'à son retour à la maison.

Devant sa porte, un homme allait et venait : une vieille connaissance, l'ancien précepteur du Château.

Johannes le salua.

L'homme était habillé d'un long pardessus chaud, bien brossé, et il avait l'air décidé.

– Vous avez devant vous un ami et un collègue, commença-t-il. Votre main, jeune homme. La chance m'a souri depuis notre dernière rencontre : je me suis marié. Maintenant, j'ai un foyer, un petit jardin, et une femme. Il arrive encore des miracles dans la vie. Que dites-vous de cela ?

Johannes le regarda avec étonnement, sans répondre.

– Voilà... Voyez-vous, je donnais des cours à son fils. Elle a un fils du premier lit. Évidemment, elle a déjà été mariée. Bref, j'ai épousé une veuve. Vous me direz que cela ne m'avait pas été prédit à ma naissance ; néanmoins, je me suis marié avec une veuve. Elle avait déjà un enfant. Le jardin et la veuve, que j'observais depuis un bon moment, avaient fait naître en moi de nombreuses pensées. Soudain, je me dis : « Assez ! On ne te l'a pas prédit à ton berceau, et ainsi de suite, mais faisle quand même. Et je le fis, car c'était sans doute écrit. Voilà comment cela s'est passé.

– Tous mes vœux, dit Johannes.

– Assez ! Pas un mot de plus ! Je sais ce que vous allez me dire. « Et la première ? » me demanderez-vous, « avez-vous oublié votre éternel amour de jeunesse ? » Voilà ce que vous allez me demander. Puis-je à mon tour, cher monsieur, vous poser la question suivante : où est donc passé mon premier, mon éternel et unique amour ? N'a-t-elle pas pris pour mari un capitaine d'artillerie ? Et je vais vous en poser une autre : avezvous déjà, ne fût-ce qu'une seule fois, vu un homme épouser celle qu'il aurait dû ? Moi pas. On raconte que Dieu aurait béni un homme qui eut ainsi son premier, son seul amour. Mais sa joie fut de courte durée.

« Pourquoi ? » demanderez-vous encore, et je vais vous donner la réponse : pour la simple raison qu'elle mourut tout de suite après – *tout de suite après*, vous m'entendez. Ah ! ah ! ah ! C'est toujours ainsi. Naturellement, on ne peut pas avoir celle que l'on aime. Mais si, par hasard, ou par justice, on l'obtient, elle meurt aussitôt après. Il y a toujours un hic. Et l'homme est obligé de chercher un autre amour, aussi bon que possible, sans en mourir pour autant ; je vous dis que la nature a bien fait les choses. L'homme supporte parfaitement tout cela. Vous n'avez qu'à me regarder.

– Je vois que vous vous portez à merveille, confirma Johannes.

– Excellemment, oui. Observez-moi bien, et surtout, écoutez ce que je vais vous dire : est-ce qu'une avalanche de malheurs s'est abattue sur ma personne ? Je suis vêtu et chaussé, je possède une maison, un foyer, une épouse et un enfant, enfin celui du premier mariage. Que voulais-je dire ? Ah oui… Au sujet de mes poèmes, je vais vous répondre sur-le-champ. Mon cher collègue, je suis plus âgé que vous et peut-être un peu mieux doté par la nature. Mes poèmes sont dans un tiroir et ne seront publiés qu'après ma mort. « Ainsi, vous n'en tirez aucune joie ? » allez-vous me dire. Vous vous trompez à nouveau. Pour l'instant, mes écrits font le bonheur de ma famille. Le soir, j'allume la lampe, ouvre le tiroir et en sors mes poèmes pour les lire à haute voix à ma femme et au fils. Elle a quarante ans, lui douze, et tous les deux s'en trouvent enchantés. Si vous passez chez nous un soir, vous resterez dîner et après je vous servirai un grog. Vous voilà invité à présent. Que Dieu vous protège de la mort.

Il tendit la main à Johannes, puis ajouta :

– Vous êtes au courant pour Victoria ?

– Victoria ? Non. Ou plutôt si, je viens d'apprendre à l'instant que…

– Ne l'avez-vous pas vue dépérir ? N'avez-vous pas vu les cernes s'assombrir sous ses yeux ?

– Je ne l'ai pas revue depuis le printemps, au pays. Est-elle encore malade ?

Le précepteur répondit d'un ton excessivement dur, en tapant du pied :

– Oui.

– On vient de me dire à l'instant que… Non, je ne l'ai pas vue dépérir, je ne l'ai pas vue du tout. Est-elle souffrante ?

– Très. Elle est déjà probablement morte, vous comprenez.

Johannes, éperdu, considéra d'abord l'homme en face de lui, puis la porte de sa maison et se demanda s'il allait entrer ; il tourna le regard vers son interlocuteur avec un sourire amer, douloureux comme celui d'un malade.

Le vieux précepteur poursuivit d'un ton menaçant :

– Encore un exemple de ce que je disais. Vous ne pourrez pas le nier. Elle non plus n'a pas eu celui qui lui était destiné, son amour d'enfance, ce jeune et superbe lieutenant. Il est parti à la chasse un soir, une balle l'a touché en plein front et lui a fait éclater la tête. Lui aussi, il a été victime des caprices du destin. Victoria, sa fiancée, commença à dépérir, comme si un ver lui rongeait le cœur ; nous, ses amis, nous l'avons bien vu. Puis il y a quelques jours, elle est allée à une réception chez des nommés Seier ; elle m'a raconté d'ailleurs que vous étiez invité, mais que vous n'êtes pas venu. Bref, au cours de cette soirée, elle se fatigua outre mesure, les souvenirs de son fiancé l'assaillirent et la rendirent joyeuse malgré tout ; elle dansa toute la soirée, comme une folle. Jusqu'à en tomber. Le sol devint rouge sous sa robe et on la reconduisit chez elle. Elle n'a pas tenu le coup.

Le précepteur s'approcha tout près de Johannes.

– Victoria est morte, lui jeta-t-il au visage.

Comme un aveugle, Johannes lança ses mains en avant.

– Morte ? Quand est-elle morte ? Victoria est morte ?

– Morte, répéta le précepteur. Elle s'est éteinte ce matin, aujourd'hui même. Il fourra la main dans sa poche et en tira une épaisse enveloppe. Elle m'a prié de vous remettre cette lettre. La voici. « Après ma mort », a-t-elle précisé. Elle est morte. Je vous la confie. Ma mission est accomplie.

Et sans un salut, sans un mot de plus, il fit demi-tour et disparut en bas de la rue.

Johannes resta figé sur place, la lettre à la main. Victoria était morte. Il prononça plusieurs fois son nom d'une voix dure et sans timbre, puis regarda l'enveloppe : c'était bien son écriture ; des majuscules et des minuscules se suivaient, formant des lignes bien droites. Et celle qui les avait écrites était morte.

Il rentra chez lui, monta l'escalier, trouva la bonne clé et ouvrit. Sa chambre était sombre et froide. Il alla s'asseoir près de la fenêtre et lut la lettre à la dernière lueur du jour.

Cher Johannes, quand vous lirez ces lignes, je serai morte. Tout est si étrange maintenant, je n'ai plus honte et je vous écris à nouveau comme si rien ne l'empêchait. Avant, quand j'étais encore bien vivante, j'aurais préféré souffrir nuit et jour plutôt que de vous écrire une fois de plus ; mais mon âme commence à s'enfuir et je ne réfléchis plus dans les mêmes termes. J'ai eu une hémorragie chez des étrangers, le médecin m'a examinée et a pu constater qu'il ne me restait plus qu'un morceau de poumon ; alors, pourquoi avoir honte ?

J'ai réfléchi, ici dans mon lit, aux dernières paroles que je vous ai adressées. C'était dans la forêt, un soir. Je ne pensais pas alors que ce seraient mes derniers mots, car, si je l'avais su, je vous aurais dit au revoir, et vous aurais remercié. Désormais, je ne vous verrai plus, et je regrette de ne pas m'être jetée à vos pieds, de n'avoir pas embrassé vos souliers et la terre qu'ils foulaient, pour vous montrer à quel point je vous aimais. Hier et aujourd'hui, j'ai souhaité avoir encore assez de forces pour pouvoir rentrer au pays et revoir l'endroit dans la forêt où nous étions lorsque vous me teniez les mains. Je me serais couchée sur le sol, et j'aurais cherché une trace de vous en embrassant la bruyère tout autour. Mais je ne pourrai le faire, à moins que je n'aille un peu mieux, comme maman le croit.

Cher Johannes, c'est curieux de penser que je ne suis venue au monde que pour vous aimer et maintenant dire adieu à la vie. Si vous saviez comme c'est étrange de rester couchée à attendre le dernier jour, la dernière heure. Pas à pas, je m'éloigne de la vie, des gens dans la rue, du bruit des voitures ; je ne verrai plus le printemps et ces maisons, ces rues et ces arbres dans le parc qui seront toujours là après ma disparition. Aujourd'hui, j'ai pu m'asseoir dans mon lit et regarder par la fenêtre. Au coin de la rue, deux personnes se sont rencontrées ; elles se sont saluées en se serrant la main. Elles riaient de ce qu'elles se disaient et c'était curieux de savoir que moi qui voyais tout cela, j'allais mourir. Je me suis dit : « Ces deux-là ne savent pas que je suis ici en train d'attendre ma dernière heure ; mais, même si elles le savaient, elles se salueraient et bavarderaient tout autant. »

La nuit dernière, au moment le plus sombre, j'ai cru que l'instant suprême était arrivé : mon cœur s'est arrêté de battre et j'avais presque l'impression d'entendre le murmure de l'éternité venir vers moi de très loin. Mais j'ai rapidement repris conscience et recommencé à respirer. C'était une sensation indescriptible. Maman pense que je me suis simplement remémoré le vacarme de la rivière et du barrage.

Mon Dieu, si vous saviez comme je vous ai aimé, Johannes. Je n'ai pas pu vous le montrer, tant de choses ont entravé notre amour, et en premier ma propre nature. Papa aussi était son pire ennemi et je suis bien sa fille. Mais à présent que je vais mourir et qu'il est trop tard, je vous écris encore une fois pour vous le dire. Je me demande pourquoi, au fond, puisque cela vous indiffère, surtout maintenant que je ne serai plus là. J'aimerais être à vos côtés jusqu'à la fin pour ne plus me sentir abandonnée. Je vous imagine déjà en train de lire cette lettre ; il me semble voir vos épaules, vos mains et vos gestes. Et je me dis qu'ainsi nous sommes près l'un de l'autre. Je ne peux pas vous envoyer chercher : je n'en ai pas le droit. Maman avait voulu vous faire venir il y a déjà deux jours, mais j'ai préféré vous écrire. D'autre part, je voulais aussi que vous gardiez le souvenir de moi telle que j'étais avant de tomber malade. Je me rappelle que vous... (ici quelques mots ont été oubliés)*... mes yeux et mes sourcils ; mais ils ne sont plus comme avant. C'est aussi pour cela que je préfère que vous ne veniez pas. Je vous prie aussi de ne pas aller me voir dans mon cercueil. Je suis à peu près comme j'étais autrefois, seulement un peu plus pâle, et je porterai ma robe jaune ; mais, quand même, vous le regretteriez.*

J'ai écrit cette lettre en plusieurs fois et ne suis pas encore arrivée à vous dire le millième de ce que je voulais. C'est horrible pour moi de mourir, je ne le veux pas, je garde encore un peu d'espoir, et prie le Seigneur d'améliorer mon état, ne fût-ce que pour voir le printemps. Alors, les jours seront plus clairs et il y aura des feuilles aux arbres. Si je recouvrais la santé, je ne serais plus jamais méchante avec vous, Johannes. J'ai pleuré tant de fois en y pensant ! Je sortirais et je caresserais chaque pavé et je remercierais chaque marche d'escalier et je serais bonne envers tous. Je supporterais n'importe quelle souffrance, si seulement je pouvais vivre. Jamais je ne me plaindrais de quoi que ce soit, et au contraire, je sourirais à celui qui m'attaquerait et me frapperait, et je remercierais et louerais le Seigneur si je pouvais rester en vie. Je n'ai pas vécu ma vie, je n'ai rien fait pour personne et cette vie mal vécue doit s'achever ici.

Si vous saviez comme cela me désole de la quitter, vous feriez peut-être quelque chose, vous feriez peut-être tout ce qui est en votre pouvoir. Mais vous n'y pouvez sans doute rien. J'ai pensé que si vous et tous les hommes de la Terre priaient pour moi et décidaient de ne pas me laisser mourir, alors Dieu me ferait grâce de la vie. J'en serais tellement reconnaissante que jamais plus je ne ferais le mal, je sourirais à tout ce qui m'arriverait, si seulement je pouvais vivre.

Maman est à côté de moi. Elle pleure. Cette nuit aussi, elle pleurait près de moi. Cela me fait du bien, elle atténue par ses larmes l'amertume de mon départ. Aujourd'hui, j'ai pensé à ce que vous diriez si j'allais droit vers vous dans la rue, vêtue de mes plus beaux habits, et ne vous disais rien de blessant, mais qu'au contraire je vous offrais une rose que j'aurais achetée auparavant. Aussitôt après, je me suis rendu compte que je ne pourrai plus jamais faire ce dont j'ai envie, parce que je ne guérirai pas, parce que je vais mourir. Je pleure souvent, calmement, sans arrêt et sans espoir. Si je ne sanglote pas, ma poitrine ne me fait pas souffrir. Johannes, mon très cher ami, mon seul amour sur cette Terre, venez près de moi lorsqu'il fera nuit. Je ne pleurerai pas, je sourirai de mon mieux, tellement je serai heureuse de vous revoir.

Mais où sont passés ma fierté et mon courage ? Je ne suis plus la fille de mon père en ce moment. Mes forces m'ont abandonnée. J'ai souffert depuis longtemps, Johannes, bien avant ces derniers jours. Quand vous étiez à l'étranger, je souffrais déjà et depuis que je suis venue en ville, au printemps, je souffre chaque jour davantage. Je n'avais jamais imaginé, avant, à quel point la nuit pouvait être longue. Deux fois, je vous ai vu dans la rue : une fois vous chantonniez en me croisant, mais vous ne m'avez pas aperçue. J'avais l'espoir de vous rencontrer chez les Seier, mais vous n'êtes pas venu. Je ne vous aurais ni parlé ni approché, je vous aurais simplement été reconnaissante de vous voir de loin. Mais vous n'êtes pas venu. J'ai pensé que c'était pour m'éviter. À onze heures, j'ai commencé à danser, ne supportant plus l'attente. Oui, Johannes, je vous ai aimé, toute ma vie, je n'ai aimé que vous. C'est moi, Victoria, qui écris ces mots et Dieu les lit par-dessus mon épaule.

Et maintenant, je dois vous dire au revoir ; je n'y vois plus, car il fait presque nuit. Au revoir, Johannes, merci pour chaque jour. Quand je m'en irai de la Terre, je vous remercierai encore, jusqu'à la fin, et je prononcerai votre nom tout le long du chemin, pour moi toute seule. Vivez bien votre vie et pardonnez-moi tout le mal que je vous ai fait. Ne m'en veuillez pas de ne m'être pas jetée à vos pieds pour vous demander pardon. Je le fais maintenant en pensée.

Soyez heureux, Johannes et adieu. Merci encore pour chaque jour, pour chaque instant. Je suis à bout de forces.

Votre
VICTORIA

J'ai fait allumer la lampe et j'y vois mieux. Je me suis assoupie et je me suis encore éloignée du monde. Grâce à

Dieu, c'était moins désagréable que la dernière fois, et j'ai même entendu de la musique. Mais surtout, il ne faisait pas noir. Je vous suis si reconnaissante, mais je n'ai plus la force d'écrire. Au revoir, mon amour…

Achevé d'imprimer en janvier 2010
sur les presses de CPI France Quercy à Mercuès (France)

Imprimé sur Munken Premium Cream 100 g
Papier certifié FSC, issu de forêts gérées durablement.

Dépôt légal : première édition, février 2010
N° d'impression : 00025/